徐薇 著

作家出版社

The Nirvana Of Art

艺术 的 末 法 时 代

看 懂 当 代 艺 术 的 当 代 病

献给我的母亲

自序：西西弗斯的解缚

艺术经历过多个垂危时刻。

什么是真正的垂危？并不是创作动机或形式上的枯
竭，而是这样的时刻：一个人晚上读着歌德和里尔克，
会弹巴赫和舒伯特，早上他起床去奥斯威辛集中营上
班；在二号营地比克瑙通往毒气室的路上，管弦乐队
弹奏乐曲营造轻松的气氛，人们在音乐声中有序地走
向死亡。

在这样的情况下，艺术承认着残忍，美感装饰着暴力。
这样的艺术愈加优雅精湛，其垂危性愈加紧急。而在
战后语境中，艺术的垂危时刻也许是这样的：1958 年，
马克·罗斯科来到委托方西格拉姆大厦中的四季酒店
实地考察，思考怎样的壁画才能震撼在其中用餐的上

层人士，却发现他们对艺术浑然无察，于是罗斯科拒绝了这笔订单，拒绝艺术成为金钱的装饰——这一次，艺术幸运地在艺术家的庇护下逃过了垂危时刻。这样的情况在 21 世纪变得愈加复杂，2018 年，Banksy 的著名作品之一《手持气球的女孩》在伦敦苏富比拍卖行拍出，成交几分钟后，画纸突然自行粉碎——这一次，艺术没有逃过垂危时刻。这是一场假装叛逆为自身增值的把戏，碎纸后的作品瞬间增值五倍，这一次，艺术不是真正的抵抗者，而是以深谙资本游戏规则的姿态，加速了垂危的进程。

奥斯威辛艺术的垂危与资本式艺术的垂危，是两种看似不同实则殊途同归的绝望：奥斯威辛艺术论证了西方古典艺术乃至文明的某种失败，在极力追求和谐完美的艺术内部，滋生出了一些极大的厌倦和过度的抽象，这种厌倦和抽象性令人无法再与具体的真实共情，转而追求虚无的精神崇高及壮美；而资本式艺术承认了金钱与权力的普遍性和"无限性"，坚信自身可以在这种无限中满足一切需求，创造一切可能。殊不知，资本世界中的"无限"即"有限"，艺术无法在规则强制的游戏中创造新可能，任何 Banksy 式的抵抗最终只是增加噱头的表演。

这些艺术的垂危都源自于一种对抽象幻觉的迷信——奥斯威辛艺术迷信抽象的崇高与完美，这种抽象反对每一个具体的生命；资本式艺术迷信抽象的金钱与权力，这种抽象反对每一个具体的当下。抽象与具体，这是完全不同的两个世界：抽象的世界是总体和形而上的，用统一的"大"而抹杀充满差异性的"小"，用逻辑上成立的"真"来否认当下不断发生的"真"；而具体的世界连接感官乃至通往神秘的真理，这究竟是一个怎样的世界？在此，我相信没有什么画面能比推巨石上山的西西弗斯更直观：西西弗斯臣服于命运的限制之中，但他从未被命运真正地惩罚，每一次清醒地推动巨石也就是他的苦难，他都在这清醒的自苦中获得了自主和自由，被加缪称为"不屈不挠的精神和清醒的意识就这样构成了征服的立场"。这是一份不破坏革命外部，而从内部生长出来的自由，也是汉娜·阿伦特所说的："人类不可能获得自由，除非他知道自己是受制于必然性的，因为把自己从必然性解放出来的努力虽然不可能是完全成功的，但正是在这个过程中，他赢得了自由。"

这个赢得自由的过程，是西西弗斯对"抽象幻觉"的超越。他从未给自己制定下崇高伟大的抽象精神目标，只是臣服于每一次的重复行动；他也从未相信除了具体行动之外的其他抽象价值，或寄希望于某个"好"时刻到来。他将诅咒扎实地变成了每一个具体的当下：具体的呼吸、步伐、巨石上的颗粒。这永无止境的沉默臣服，这无穷无尽的忠诚重复，竟蕴藏着可能拯救人类于绝望的真理。

我为何写这本书，源自对时代心灵日益"抽象与总体化"的观察。将艺术缺乏活力的现状与资本商业原罪连接是过于简单而不深究的归因。事实上，如果说西方提供了个体幸福范式的抽象性，那么东方更像是展现了集体崇高精神的抽象性，各式各类的抽象性已劫持了真实具体的生活，麻痹了感官应有的敏感：我们一方面通过观看线上主播替代真实的生活体验，一方面又置身集体的亢进中放弃自我的真实权利。在这混沌无常的末法时代，顺流而下是一个舒适的选择，也许在顺流中会获得金钱与权力，但这依然是一个不断丧失的过程。丧失的是什么？正是身为人类最重要的东西：那能连接真相的天赋感觉，以及热爱具体的人、具体生活的能力。这些珍贵能力的不断丧失，才会令那些恐怖历史不断重复上演，与其当事情发生时再问"为什么？"，不如现在就问问自己"怎么做？"。

真正的艺术家，正是敏锐感知到异样并开始行动的人。我并不认为如今艺术的形式及可能性太多，恰恰相反，我认为真正"有效"的形式和可能实在太少。如果当下被尊重的艺术不能让人真正地成为人，而是纵容甚至鼓励人走向异化，那这就是艺术乃至文明的末法时代。但幸运的是，就如西西弗斯向我们展现的，即使身处无可逃避的悲剧命运，我们依然可以拥有西西弗斯般的觉知，让行动与热爱成为具体，能帮助我们在陡峭的语境中找到超越命运的立场。

"奥斯威辛之后写诗是野蛮的。"无论艺术多么容易陷入空谈的荒谬，但她依然是为数不多能带领人类走向真理的创造物。在艺术中，我们才有可能直接进入某个维度获得真实的感觉，超越金钱与权力的普遍性，为生命开启新的可能。而这一切就从离开虚假的"抽象"、投入真实的"具体"开始，我们需要从琐细中去见证伟大，而不是用伟大来切割日常生活的琐细。

本书中有诸多对于阿兰·巴迪欧及更多哲学家及艺术家的引用，感谢这些伟大创作者对于我思考的启迪。成书过程也促成了我对于不足之处的反思，希望能在之后的写作中呈现更深厚的积淀，并更深刻地进入对作品本体的研究。特别感谢我的先生周阳明及因文章而相识的朋友们对于我写作研究的支持。

愿我们如西西弗斯般，不抵抗、不逃避地领受自己的命运，在极致投入中进入超越的那一刻。

徐 薇

2022 年 7 月 21 日，于上海

艺术的末法时代：生于媚俗

时间，摧毁所有坚固之物。

30 年前，艺术家是一个从广场上被捕获的穷光蛋；20 年前，艺术家在国际交易市场上寻求资本认同；10 年前，艺术家和演员一样以"出名"为成功标准。

今天，"成功"艺术家和娱乐明星、金融大亨一起跻身上流社会，轮番以金钱、权力和丑闻获得公众关注。这是一个艺术的末法时代，寻找真实者在主流中渐渐失声，以假乱真者将媚俗之气熏染四野八方，蒙昧无知者坠入五色陷阱浑然不知。

在艺术的末法时代，奇闻注定伴随着"成功"艺术家和艺术事件——杰夫·昆斯，他的画册在 20 世纪 80

年代流入中国直接导致了"艳俗艺术"在中国的应运而生，这位以浮华形象捕获大众注意力的艺术家，在2019年凭借6.2亿人民币的《兔子》成为"在世最贵艺术家"，却在2021年的抄袭官司中被判败诉，赔偿所抄袭方19万欧元；NFT（非同质化代币），这三个字母因为一场4.5亿元的拍卖成为当下艺术圈最热的词，以此为交易基础的拍卖被称为"数码艺术史上的分水岭"，在拍卖行的描述中，群众欢呼雀跃，奔走相告地见证着下一个比特币时代的到来。

杰夫·昆斯的抄袭官司败诉，与NFT的4.5亿天价数字艺术之间，有着一种奇妙的"同类感"，两者本身并不相似，但都具备这个时代热门艺术事件的必要元素：外观时髦的作品，巨大的金钱和名声。但同时，大众都对作品本身漠然无视，却对金钱、新闻怀有巨大热情——是的，我们终于来到了这里：一个有史以来最"重视"艺术的时代，对价格关注得如此之多，而对精神价值关注得如此之少，甚至毫不在意。

一些严肃的人早在历史的各个节点就对严肃艺术的未来表示过担忧。一手推出美国抽象表现主义的批评家格林伯格在 1939 年就清晰地看到："没有一种文化可以在没有社会基础没有稳定收入来源的情况下发展。（既有财力又有品味的）精英集团正在迅速缩减，（严肃）文化在不久的将来的生存就此受到威胁。"

是什么样的艺术在挤压着严肃艺术的生存空间？答案早已遍及生活每一处，我们在千篇一律的手机旋律中醒来，在快速的碎片式阅读中获得某种满足，在综艺或电视剧中获得短暂的感动……你也许会疑惑，这难道不是最日常的生活样式吗？而这些顺滑提供浅层愉悦的体验，都来自一个同样的源头，那就是"媚俗"（kitsch）。

究竟什么是"媚俗"？米兰·昆德拉曾在书中举过一个精妙比喻：当看到阳光下草地上奔跑着的孩子，媚俗让人接连产生两滴感动的泪滴。第一滴眼泪说：瞧这草坪上奔跑的孩子们，真美啊！第二滴眼泪说：看到孩子们在草坪上奔跑，跟全人类一起被感动，真美啊！

而只有第二滴眼泪才使媚俗成其为媚俗。

米氏对媚俗者的洞察不可谓不深刻，他将媚俗定义为"在具有美化效果的谎言镜中观看自己，怀着令自己感动的满足，在镜中认出自己"。媚俗就像一个自给自足的愉悦制造器，只需通过一种廉价的方式，比如一个虚拟不真实的升华，就可以让高级情感快速有效地发生，在这样的操作中，每个人都能轻松获得更良好的自我认同感。

而本文想讨论的，是在人人对媚俗之物熟视无睹的时代中，我们如何分辨出"媚俗艺术"的各种面目变化，毕竟，如果艺术依然是人类精神高地中最值得守护的风景，那清醒者的存在，也许还能保存住艺术最后的一丝尊严。

媚俗的诞生

问题来了：当感动袭来，滴下眼泪的那一刻，我是否要为涉嫌媚俗而羞愧？到底是什么成分，才构成了媚俗的眼泪？米兰·昆德拉认为，流下的第一滴感动的眼泪，并不是媚俗，联想到全人类而升华流下的第二滴眼泪，才是媚俗。

驱动第一滴眼泪的，可以称之为"正当的激情"。它的发生来自于"我"与"你"的某种直接连接，是第一手的原初激情，它触及本质，杜绝任何装饰的加入，不仅让一些潜在的情感现身，更是人类创作的重要驱动力，所谓"触景生情"。采菊东篱下之后，灵魂受到了直接触动，才能进入"欲辨已忘言"的无我之境。

这份正当的激情，是瞬间触发的真实，是浑然不觉的沉浸，是"我不知道我感动了"；而媚俗的情感，则是预设的效果，是二手的自恋式欣赏，是"我知道我感动，且为这份感动而感动"。所以，媚俗的反面不是高雅，而是真实，是每一刻与本质相连，不具表演性的真实。我们可以在梵高和大卫·霍克尼的麦田中感受这种微妙的区别，前者把对土地和农民的情感融入了笨拙而诚实的笔触之中，而后者的麦田洋溢着一种被强化的激情。

从晚会节目主持人煽情的演讲，到五光十色的高级沉浸式晚宴，从一个带节奏引发争议的标题，到刷到停不下来的搞笑短视频，每一种媚俗的出场，都围绕"色声香味触法"，用各种花样占领你的感官，它们毫无意外地带着同样的目标：快速获得你情感的注入。

事实上，在快速侵占人类感官的战场上，媚俗几乎每一次都能凯旋。而这，也是"媚俗艺术"相较于"严肃艺术"能大获全胜的重要原因。请记住这个优势，下面将从更残酷的角度，展现媚俗一路横行的真正原因。

自工业革命以来，都市化和读写能力的普及，让原本只有精英阶层掌握的审美欣赏能力变得人人皆有。但无论有审美需求的人数如何增加，能欣赏严肃艺术的人总是占少数，大量新增的审美需求等待着被一种新的都市文化满足——简单可懂，快速愉悦，无须过多的思考成本就可享用。而这，正是媚俗艺术诞生的社会基础。

同时，在当今世界的大部分意识形态中，官方的主流文化究其本质都是为了"宣传教化"。在希特勒刚上台时，出于获得更多精英阶层支持的目的，他一度也与严肃抽象艺术家们打得火热，但他很快就清醒地意识到人民才是真正的力量，于是毫不犹豫地转向媚俗文化，并把严肃艺术打入冷宫。用格林伯格的话来说："严肃艺术的主要问题，在法西斯主义者和斯大林主义者看来，不是它们太具批评性，而是它们过于'清白'，要在它们中注入有效的宣传太难了，而媚俗文化则更容易适应这一目的。媚俗文化使政府距人民的'心灵'更近。如果官方文化高出大众的水准，就有造成孤立的危险。"而这，正是媚俗艺术诞生的政治基础。

如果说严肃艺术表达的是"真实感受"，那媚俗艺术就是对这种真实感受的模仿。由于跳过了感受的自然生成过程，媚俗的一切工作都直奔"效果"而去，为了达到立竿见影的效果无所不用其极。所以，媚俗艺术具备以下特点：漂亮，简化，直接，尽可能地直击感官。

可是，无论"效果"如何震撼人心，终究是对真实感受的模仿，是伪造的体验。"媚俗文化是替代的经验和假的感受。媚俗文化依时尚而变化，但本质始终保持不变，媚俗文化是我们时代的生活中所有假的东西的集中体现。"格林伯格如是说。而哲学家罗杰·斯克鲁顿认为："媚俗是假艺术，表达假情感，欺骗消费者误以为自身的感受深刻而严肃。"

那么，享受立等可取的欢愉，难道不好吗？生命的本能不是避苦求乐吗？从终极平衡来说，世间从无不公平的交易，每一份得到背后都有隐形的付出。看似无须付出任何成本就能享受的欢愉，也正是因为"无须付出成本"，让人渐渐失去了"愿意付出努力而获得真正慰藉"的能力。最贵的成本从来不是金钱，而是灵魂的能量：我们面对痛苦时是否有承担的勇气，面对问题时是否有进行反思的深度，是否有无限开阔的心灵格局。只有这些灵魂能量，才能伴随我们在生命求索之路上披荆斩棘，获得智慧与慰藉。

这些珍贵的灵魂能量，会随着对媚俗的依赖而日渐衰弱，已没有问题再需要深入思考，没有任何痛苦需要转化升华，更没有任何真正的危险需要激发勇气，需要做的，只是在寻找欢愉花样的横向方向上无限延展，而在探索智慧的纵向深度上，永远停留在最浅的表层。

于是，在媚俗的养育下，这里站立着一群饥肠辘辘的"精神婴儿"，闭上眼拒绝进入真正的灵魂世界，张大着嘴，嗷嗷待哺着下一口愉悦的精神垃圾。

媚俗的次第

世界从来不是非黑即白，非俗即雅。讨论媚俗时，往往容易散发出精英主义的另一种恶臭：自视甚高，立场鲜明，爱惜羽毛似乎从不染一丝媚俗。
但事实上自 19 世纪"媚俗"被正式命名"kitsch"以

来，已成了西方工业文明输出的最成功产品，它已完成了无数次胜利的世界之旅，成为一种当之无愧的普世审美。今日，无论在中国三、四线县城上学的少女，还是在纽约曼哈顿上班的白领，都懂得如何为自拍后的照片选择一个更"美"的滤镜。

在无人感觉不适的审美催眠中，谁敢断言自己从未陷入媚俗的温柔乡？当下城市如此高压而人情疏离，拒绝媚俗，相当于在无人支援的孤岛，拒绝所有唾手可得的补给。年轻人为何如此迷恋奶茶、外卖、综艺？不为什么，只因它们都是如此"立竿见影"，能以最快的方式带来愉快，安抚焦虑。而"宅"文化就是屏蔽真实生活的一切不确定，用确定的愉悦为自己造一座堡垒。

媚俗之所以无法抵挡，从来不是因为面目可憎，而是因为美好诱人。即使是意大利文艺复兴时期的艺术家，如拉斐尔、科雷吉奥或卢伊尼，也过分甜美地描绘了圣母和儿童耶稣。对感官之美的追逐，是人类繁殖本能中重要的驱动力，而超越本能地直面生命之苦的真相，对任何人而言都是一种需要长期自主训练的高级能力。

媚俗之所以无法摆脱，也从来不是因为来势汹汹，而是因为润物无声。它已占领了都市生活的每一处角落，从广告、漫画、好莱坞大片，到流行音乐、休闲文学、商业艺术，你永远不知道在哪一个心神不宁的时候，就会无意识地投入媚俗的怀抱，毕竟在目力可及之处，世界并没有提供我们更多其他的选择。

而以上的媚俗活动，依然发生在你有觉知的情况下，即"我知道我在进行无营养的消遣"。而最具迷惑性的媚俗活动，发生在你浑然不觉的情况下，甚至，以为自己正在进行严肃深刻的文化探索。

高级的媚俗是具有欺骗性的。格林伯格认为："媚俗具有多种不同层次，有些高得足以对幼稚的真理寻求者构成威胁。像《纽约客》这样的杂志，从根本上是适合奢侈顾客的高级媚俗文化产品，它转化并冲淡大量的前卫素材为其所用。"

熟悉吗？那些煞有介事的名人"深度"访谈，以艺术为名的网红展览，各类与大师联名的"跨界合作"，付费就可以在十分钟内掌握的哲学知识……更高级的消费者们不仅需要浅层愉悦，更需要获得智慧的幻觉。在媚俗的世界里，从低到高的快乐应有尽有，任君挑选。

如果你是一位内心严肃的艺术家，会如何面对这个世界？

在最符合期待的想象中，艺术家应该都如屈原般，守着坚贞理想至死不渝。但这未免是看客们对艺术家太过残忍的设定，事实上面对生存的压力，能在作品中自始至终与媚俗毫无瓜葛的艺术家，少之又少，即使是已被奉为大师的艺术家，在他们的一生中都难免有一段时间陷入某种程度的媚俗，有的自知，有的不自知，我们不能说前者比后者更现实，或后者比前者更清白。至少我们需要清楚一点：不要因为对某个艺术家某个作品的判断，就全盘接纳或否定其艺术价值，艺术是艺术家一生灵魂的痕迹，在某个被杂念侵扰的时刻，艺术家必然会留下媚俗的一笔。

可爱的亨利·马蒂斯，生命最后的杰作是献给上帝的，一座天堂般纯美的教堂。这位最后离神如此之近的艺术家，也曾在长达 12 年的时间内，需要依靠画大量的躺卧的裸婢来赚足生活费，因为这是销路最好的题材。现在这系列作品已被视为马蒂斯风格形成过程中的一个阶段，但对马蒂斯而言，这是必须满足的世俗需求留在生命中的一个痕迹。

最难以分辨的，是那些藏身于高级艺术中的媚俗。举例来说，抽象表现主义艺术家们竭尽所能地探索着绘画的极限，他们留给后世艺术家太多宝贵遗产。但很不幸的，最应该被继承的，对物质世界充满反抗性的精神内核，却被波普艺术拦腰斩断，而什么被继承下去了呢？就是各类被创造出来的"形式"，毕竟这是太现成的高级基础。

我们能在后世艺术家中发现各种变体，有的类似波洛克的"滴洒"，类似罗斯科的"色域"，有的类似纽曼的"一根线"……并不是说只要创作中有相似元素，就一定是毫无新意的模仿，而是当我们看到这幅作品时，请你感觉它 —— 这是一个"生命"，还是一个"演员"？它是在呈现一种真实的生命状态，还是在表演自己是一个"真正"的艺术品？

虽然很少，但世界上确实还有一类艺术家，在发现自己无法抵抗媚俗时，选择彻底逃离。1950 年代时，四五十岁的艾格尼丝·马丁住在没有热水的公寓中画画，是一个不甚成功的"纽约漂"，当她名声渐渐起来，开始有越来越多藏家购入作品时，她却选择立刻放弃绘画，逃离去了新墨西哥州的荒漠 —— 她深知自己的心灵无法不被权势和名声干扰，一切不纯粹之物都让她痛苦不堪，对她而言，生命中没有什么比心无挂碍的宁静更重要。

也许，正是这些少之又少的灵魂存在，才让我们对媚俗的警惕富有意义。每一次对媚俗的觉察，就是在无垠的黑暗中亮起一道微光，这些光就像黑夜中的星，虽然微弱，但能指引正确的方向，能驱逐层层的黑暗，无论什么次第。

媚俗式"反思"

真正的历史，被反思者清晰，被反抗者书写。

反思与反抗的区别是什么？后者要付出更大的代价，乃至是牺牲。因为当你抱持着一个和当下主流完全相反的理念，注定是孤独无援的，唯有具备孤胆英雄般的战斗勇气，才有可能杀出绝境创造新国度。而真正能做到这样的灵魂，万中无一。在电影《雪国列车》中，起义者能成功穿越第一列车厢，正是因为领导者具有牺牲的信念。

反思者与反抗者最大的不同，是尚未具备破釜沉舟的决绝，他们知道要反对什么，但自己与这个对象往往无法分离，甚至是共生关系，如果杀死了对方，也等于间接杀死了自己。所以，这种情况下的反思，终极目的并不是建立一个新体系，而是希望让旧体系"进步一点点"。所以，是成为反思者还是反抗者，终究决定于是否对旧体系依然抱有一丝贪恋。弄清这一点，就比较容易看清，针对媚俗文化，是否存在真正有效的"反思"。

让我们从杜尚的"反艺术"开始。

已经有太多的陈词滥调肯定了杜尚小便池的重大意义：拓展了艺术疆界，第一次让"非艺术"之物成为"艺术"。杜尚这件作品无可比拟的优势在于"四两拨千斤"，他以一种东方禅宗顿悟式的"轻盈"，毫不费力地就让小便池变成了艺术品，深谙"不二"的智慧。这份举重若轻是如何做到的？来自艺术家心中对于信念的深刻坚定以及彻底脱离陈旧观念的决绝。就像一次轻盈而有力的发球，背后必然有着长期的肌肉训练以及必胜的信念。

可是，这件作品留给后世遗产中最坏的部分，也来自这份"轻盈"。小便池之后，艺术被拓展成了百无禁忌的"无政府状态"，很多艺术创作者只看到了"轻"的自由无禁忌，却忽视了"轻"中蕴含的"决绝之重"。事实上，思考得越"重"，出手时的"轻"才能越脱俗，带有灵性。如果只是贪图自由无拘的畅快，创作之力就会无尽地向外拓展，不断丰富表象上的奇技淫巧，而忽视了向内探索，深入灵魂直面本质。

这份来自杜尚的、充满挑衅的"轻"，滋养了同样试图挑衅僵化艺术界的艺术家。安迪·沃霍尔就是其中一位，他让大众文化的各种"现成品"融入了艺术语境，但他和杜尚最不一样的地方在哪里？还记得"反抗者"和"反思者"的区别吗？反抗者希望推翻对象，而反思者无法割舍所反对之物。杜尚与沃霍尔的区别，也许就是"反抗者"与"反思者"的区别。杜尚的一生，是始终不愿与艺术圈为伍的一生，他拒绝玩圈内的游戏，比如当立体主义最红时，专业人士认为杜尚的作品中的"立体味道不够浓"，他得知后立刻决定退出展览——当任何严肃的艺术探索变成了流行标准，媚俗就诞生了。而杜尚敏锐感知到了这一点，他看透了艺术圈不过是另一个名利场，只要在陈腐的圈内规则中，这个"从严肃到媚俗"的循环就永远不会停止。所以他的小便池，带着由衷的对艺术圈的不屑，可谓一件"知行合一"的作品。

再看安迪·沃霍尔,以他著名的名人肖像系列为例。沃霍尔故意选择了印刷质量模糊的梦露头像,就仿佛大众从小报上看到的印刷效果,这是一个已被大众消费后的形象,是典型的媚俗元素。而这样的形象再度被覆上艳丽色彩,抹上色彩诡异的眼影,一切都旨在强调一件事:一个活生生的生命,在成为媚俗消费品之后,会遭受怎样的异化与误读。她真实的喜悦与哀愁早已无人关心,大众所需要的,和她所能提供的,就是人们视网膜所见的这层艳丽皮相,仅此而已。

这,是沃霍尔对商业媚俗文化的批判,虽然他隐藏得很深,但依然有着一丝尚未泯灭的、对人性的悲悯。就如同他会选择车祸现场和死刑电椅的照片进行创作,他的"轻",有着一层死亡的悲怆底色。他展示了连生命中最严重的事件——死亡,都可以成为娱乐的对象,他对媚俗文化中的欢愉,是投以了多么绝望,又多么冷漠的眼神,就如他那张经典的面无表情的脸。

但,沃霍尔对媚俗的反思和依赖是同时并存的。他在成为艺术家之前就是收入颇丰的商业设计师,是一个

安迪·沃霍尔,《金色的玛丽莲·梦露》, 1962 年

石心宁,《杜尚回顾展在中国》, 2001 年

终生迷恋"名声"的人，在他遭受一次枪击未遂事件之后，他把全部热情都投入到了赚钱之上，似乎认为金钱和权力才能缓解对死亡的焦虑。这样的沃霍尔，无疑是媚俗文化的最终受益者，所以他的抨击，他的反思，终究只是隐藏在名牌墨镜之后的一个伤感眼神。那么，沃霍尔作品本身是媚俗艺术吗？

判断作品媚俗与否，就如同鉴定古董是真品还是赝品，唯一的标准，就是"真"。作品之中，是否蕴藏着来自创作者任何一丝灵魂的"真情"？还是仅仅只有对真情的模仿，或自恋式的欣赏或感动？在沃霍尔的作品中，就是因为依然尚存着一丝悲悯，虽然已快被毫不犹豫的媚俗遮蔽，却也在这冰冷的反衬下显得格外悲凉。沃霍尔站在严肃艺术被媚俗艺术击溃前的最后一夜，绝望地对严肃告别，转身冷漠地拥抱媚俗。而身后的媚俗大军，正排山倒海般地涌来。

毫无疑问，杰夫·昆斯是这支大军中最为成功的那一位。昆斯和沃霍尔相似之处在于，在他们出道之初，就显示出了对于阶层跨越、追名逐利的勃勃野心。昆斯曾说过："我把艺术家的活动等同于体育运动，我们利用艺术作为社会活动的手段，那些少数族群的人则利用体育走向上流社会的阶梯。我们是一些白人中等阶层的男孩，希望借助艺术迈入另一个社会阶层。"他以篮球为现成品做成装置《平衡篮球》，篮球平衡地漂浮在蒸馏水中，如新中产一般如履薄冰地保持平衡，而这就是他心中通往成功的当代社会神龛。在价值序列中，他与沃霍尔都毫不掩饰地将名利放在了第一位。

那么，昆斯与沃霍尔最大的不同是什么呢？如果说沃霍尔的梦露是被媚俗消费后的悲剧，能感觉到她被封印的灵魂在浓妆艳抹的色彩之下虽然微弱但依然存在，那么昆斯的作品《迈克尔·杰克逊与泡泡》就是一具金光闪闪，却早已被抽干灵魂的空洞躯壳，他看起来越鲜亮耀目，就越增加一分恐怖，也无疑是当下"成功"人生的隐喻：在华丽的表象之下，空无一物。昆斯的作品无一例外地精致，像精心制造的高级商品般毫无瑕疵，仅仅是因为它们外形过于取悦观众，就认定是媚俗艺术吗？哲学家罗杰·斯克鲁顿认为，媚俗艺术发展到这个阶段产生了新的变化，可以称之为"先发制人的媚俗"，即以一种刻意"模仿媚俗"的方式来表现媚俗，这是"遮羞"的反义词，是充分暴露羞耻于聚光灯之下。而这一展示者的视角，是试图为自己与真媚俗之间创造空间，植入批判性，增加严肃艺术性的一种尝试。

可是，这种尝试是真诚的吗？事实上，艺术家不可能成功批判一个自己内心认同的价值，也不可能真正批判一个让自己受益的系统。如果说沃霍尔作品中的批判性来自强化了媚俗文化下大众视角的无情，艺术家本人与批判对象之间尚有一定距离，那么在昆斯的作品中，我们看到所有形象都笼罩了一丝恐怖的"赏玩"视角，眼光抚过的每一处都被饶有兴味地刻画描摹，此时，艺术家已与批判对象的趣味合一了。

昆斯对媚俗可能存在的批判，最终还是沉浸在了对媚俗本身的玩赏之中，更何况昆斯和沃霍尔的成功都得益于媚俗文化的高歌猛进。斯克鲁顿毫不留情地认为："先发制人的媚俗提供了虚假情感，同时也对它所提供的东西进行了虚假的讽刺。艺术家假装很严肃地进行创作，评论家假装在评判面前的产品，而后前卫派组织则假装在推广自己。所有这些假装的结局，就是某些无法区分广告和艺术的人购买了这个产品。"

昆斯是成功的，他深谙媚俗文化存在的本质：为不清晰真正文化价值，却渴望得到某种文化消遣的消费者提供便捷愉悦的解决方案。如果以前这样的消费者是从乡村来到都市的新移民，那么在今天，这样的消费者就是随着科技和娱乐产业兴起，大批诞生的"新贵"、"上流社会"，他们同样需要适宜自身欣赏能力且不失"艺术味"的高雅玩具。

也许，在时刻心系"观众"、思考"供求关系"的艺术家心中，真正的反思和反抗，早已成为不可能。

写在最后

媚俗从来就不会消失，就如虚假与真实如影随形。

我们今天讨论媚俗的真正意义，并不在于强调欣赏媚俗的可耻，而在于揭示一个现实：我们已生活在一个"日常性媚俗"的时代，虚情假意如货币般通行，在这样的土壤之上，时刻保持对虚假之物的清醒，是一种需要时时警觉的能力；如何能抵御无所不在的赝品，需要保持一份对纯真之物的真正"热爱"，这份不止于叶公好龙的热爱，才能让心灵不被价格数字左右，超越所有既定的外在标准，和善与美相遇。

也从来没有一个时代，"真正的艺术"显得如此重要，它无法如媚俗艺术般瞬间为感官带来快感，因为它只提供真正抚慰灵魂的"慰藉"，而慰藉的发生，需要直面痛苦的勇气，需要宁静的沉思，而最需要的，是一颗对自己毫无遮蔽的、诚实的心。

没有一种涅槃不需要经历浴火和死亡，不需要独自穿越长长的黑暗。一个从不曾经历过这一切的灵魂，如何去相信黑暗尽头会有重生的光明？但当灵魂愿意相信的那一刻，围绕身边的虚假之光，便黯淡下去。

真实会被虚假遮蔽，也因虚假而可贵；忠诚会因考验退却，也因考验而坚定。愿我们能穿越这一切，回到真实的自己。

妥协病：不进则退的艺术

妥协，是一种无症状却可能致死的"病"。

当犹太人第一次配合戴上标记身份的袖套，并不知道这是走向集中营的开始；当印第安人第一次向殖民者出售土地，并不知道这是丧失一切的起点。当意志面对威逼利诱，并不是所有人都有坚守原则的能力，事实上，"妥协"的基因是多么顺滑地潜伏在生命之中，时刻等待着那个自我安慰的幻想：就这样吧！事情应该到此为止了吧！——而真正的毁灭，从这刻才刚刚开始。

这是一个看似荒谬的游戏：因为恐惧而选择妥协，看上去活着，但有些最珍贵的东西却已死去；因为坚守而可能牺牲，看上去死了，但有些最珍贵的东西却得以延续。只可惜，现在的人们只愿意相信肉眼可见、可享受的"有形"，对无法即刻回报的"无形"嗤之以鼻。于是，当"妥协"成为了一种可以安置恐惧，乃至获取利益的方式，它变得如此流行和畅通无阻，以各种面目融入了生命。

妥协的艺术，是一种在无法进取后令行为"合理化"的艺术。这种合理已泛化到了何种程度？ —— 它无处不在，但人们已习以为常，甚至甘之如饴。君不见，少年们在最应热血的年纪将"躺平"视为梦想，进取意味着有"搞钱"的能力，失败可以用"小丑竟是我自己"自嘲结尾……今天的世界像一个超市，为受挫的意志提供了丰富而便捷的模块化方案，你可以随时选择一个妥协套餐，沉浸其中，享受短暂美好的幻觉。时代究竟在塑造怎样的人？而人又在塑造怎样的时代？可怕的仅仅是在妥协中丧失了意志吗？不，最可怕的是我们甚至不知道自己正在妥协，正在顺流而下，正在逐渐丧失。

改变从自知开始，让我们从艺术中寻找这些线索。

荒诞：可笑的悲剧

荒诞，是真实被虚假覆盖后，被迫妥协的小丑。

当意志遭遇强权，任何企图对真相的表达都会变得奢侈。正如诗人辛波斯卡所言："我们的时代还没安康到，可以让脸露平常的哀伤。"平常即如实，但强权下的如实不被允许展示，对自由的剥夺首先从剥夺真实情绪开始：不允许愤怒，愤怒会形成对抗；不允许悲伤，悲伤会走向颓废。而这都不是强权需要的，强权需要的是一个虚假的乌托邦，身处其中的人散发着无知的幸福感，如亡命徒般短视而自欺 —— 当虚假的本质遮盖了真实的本质，而这种严重的不协调被所有人心知肚明后，荒谬的喜感就诞生了。

"直言者"是可贵的英雄，因为可能付出如苏格拉底般被赐毒酒的代价。妥协的方案是什么呢？ —— 不做会牺牲的英雄，做一个说出局部真相的小丑。小丑在自我解构中丧失了攻击性，但保留下了"哗众"的自

岳敏君,《垃圾山》,2003 年

由，而这仅有的空间，是属于真相的一线生机。举目望去，这个时代遍布着以自我解构为特征的"恶趣味"，无论是已被封的中国网红"郭老师"，还是美国饶舌网红 Cardi B，她们吸引流量的方式不仅是公开的粗俗，更是以粗俗的方式对文明予以冒犯，这为禁锢的人们带来了冒犯的自由，仿佛在虚伪中撕开了一道"裂缝"，让局部真相在裂缝中得以显形。

如果荒谬的粗俗可以带来真相，那这便是具有积极意义的粗俗主义。在"媚俗艺术"中，我们看到了一种刻意为之的"恶化"，那些令人难堪的羞耻物被故意以更糟糕的方式暴露于众人之前。杰夫·昆斯复刻还原了自己与前妻的做爱场景，复刻了象征肤浅商业的旅游纪念品，这些作品如模仿秀演员般粉墨登场，逼迫着文明社会睁眼见证自己的荒谬与浅薄；而在莫瑞吉奥·卡特兰极具戏剧感的场景中，最严重的死亡问题都用以作为笑料呈现，正如卡特兰所言，他的作品"亲切温和"但也是"堕落和消耗殆尽的"，而这一切皆源于当下现实。

除了模拟现实并予以恶化外，荒诞的表演者还有一种方式争取自由：消解自我价值。如 20 世纪 90 年代在中国出现的"玩世现实主义"，方力钧的"泼皮"表达着时代意志的求生：百无聊赖，胸无大志，却不可能被驯服。在这里，自由不是通过向外争取，而是通过向内退缩来实现，让自我不具备利用价值，成为了不被利用的唯一方式。但向内的退缩一旦开始，便进入了一场持续的下沉，从尚有一丝匪气的"泼皮"，到日渐疲软的"屌丝"，再到今天躺平的"韭菜"，时代的面孔日渐虚弱麻木，只因一旦妥协，放弃向外争取，必然会在力量的不断让渡中，走向价值沦丧的宿命。

发现荒诞，是受伤后觉醒的开始。从一战后的苏黎世达达开始，艺术就以呈现荒谬的方式质疑所有的既定规则，艺术家说着颠倒的诗句，画着随机的画面，这是一个坚固之物开始破碎的过程，在松动的新游戏中需求意志的自由。二战后存在主义盛行，人们发现自我存在的荒谬性无法可解，如加缪所言："明天，在他本该全身心拒绝明天之时，他还是寄希望于明天。"而艺术和创作，也许能为这绝望的荒谬带来为数不多的慰藉。

玩笑，是妥协后最微弱的抵抗。只是开玩笑的人，如何才能不让自己在持续的荒谬中，变成一个笑话？

发泄：向下的快慰

有一种"狠"看似充满攻击性，却无法投入战斗，那就是发泄。

这种"狠"组成了当下时代气质的一部分，但与尼采超人式的进取之狠不一样，这是一种带有堕落倾向的狠。今天，我们看到人们在口味的上瘾中欲罢不能，一边变得越来越凶狠，如螺蛳粉般刺激，一边又变得越来越轻浮，如奶茶般甜腻，而两者的共同点便是快捷，瞬间以最快速的方式俘获感官、让人逃离现实。臭辣虽然不适，但这恶狠狠的力度确认着灵魂在疲软之后依然保有感觉；甜腻似乎愚昧，但这轻浮的抚慰会产生一切都很好的幻觉。所以，凶狠与愚昧构成了一种发泄式的妥协，获得了瞬时的快慰，却避开了正面抵抗，将力量转化为持续的、逃避的"瘾"。

这上瘾的快感，一部分以"自戕者"的形象展示。事实上，自戕的初衷并不是为了上瘾，而是以自我伤害的方式宣泄无路可去的攻击性，从中获得主动的控制感，这乃是主体仅剩的最后一种权利：自杀的自由。艺术家通过"展现伤口、制造伤口"的方式带来震慑，观众的心随着玛丽娜·阿布拉莫维奇落在指尖的刀刃而紧绷，但某种窒息却因积极不懈的自戕，因"置之死地而后生"获得了奇异的喘息空间；辛迪·舍曼的图像以赤裸的方式将观众从"围观者"逼成"凝视者"，逼迫着人们无路可退地抵达真实域，哪怕黑暗而残酷。艺术将已恶化的现实进一步恶化，受到侵害的身体成为重要的证据，意图以此作为起点揭示真相，但这并不是一场英雄主义的拯救，无法真正打破旧秩序建立新秩序，自戕者并不像献祭者般完全放弃了自我，而是在对真相的进一步施压中获得了掌权的幻觉。

与自戕者加诸肉身的方式相似，"泄欲者"的目标也是肉身，但方式不是自苦而是快感。生命力除了攻击性之外还表现为性欲，当外部世界无法容纳自由意志，一些艺术家选择退行进入身体，沉浸其小无内的感官王国。在渡边淳一的《失乐园》中，处于社会经济衰退期的中年男女选择在性爱中赴死赢得意志的自由；在巴尔蒂斯如古典主义稳定平衡的画面中，充满性欲的"窥私"视角如一道裂缝，为封闭的优雅带来兴奋的张力；而在卢西安·弗洛伊德的肉身作品中，肉体直言不讳地以自鄙展现着存在的荒谬。有一种误解认为性欲与多情有着因果关系，但事实上真正的泄欲者是无情的，如唐璜般风流而失去了全然投入的能力，在恨意和失望的驱动下，每一次泄欲都成为对主体存在的否定，直至走向虚无。

沿着泄欲进一步向下，就会来到"施虐者"的地带。这是一种通过操控、侵害他者而获得快慰的方式。具有迷惑性的是，这残忍的本质甚至带有优雅的外表：当文明遭遇自我存在价值的危机，又无法否定业已筑就的形式，就会诞生出"文明内部滋生的野蛮"，通过对他者倾轧获得自我存在感。在弗朗西斯·培根的作品中，画面中的主角都有着供人赏玩的姿态，真正恐怖的不是制造痛苦，而是在欣赏他人的痛苦中获得快感；达米恩·赫斯特深谙培根的赏玩视角，将之提炼概括为资本主义式的"橱窗"，让死亡、恐惧、欲望都成为供人欣赏消费的商品。事实上，虚无主义与霸权主义的结合是一种必然，在虚无中对信仰和坚固之物的放弃，必然导致在现实中更强有力的掠夺享受，这种外强中干的妥协，让文明丧失了高贵的悲悯，徒留冷漠僵化的外壳。

为何发泄如此诱人？因为向下滑落，永远比向上攀登轻松酣畅。可是，在乘风破浪的快慰中，所逃避的痛苦永远潜伏在快感消失之后，等待着俘获那上瘾的虚弱。

利己：积极的颓废

一则有趣的新闻：在世最富有的艺术家之一、个人财富达到 3.96 亿美元的达米恩·赫斯特，于 2022 年成功获得了 130 万英镑的政府疫情救济金。最有趣之处并不仅是有钱人拿到了救济金，而是达米恩·赫斯特又一次证明了：颓废可以是积极入世的。

"颓废"，是以达米恩·赫斯特为代表的 YBAs 英国艺术团体的主要特征。1988 年，当这群 20 出头的年轻艺术家惊世骇俗地出现在众人眼前，身体、欲望、焦虑等当代问题泥石俱下，就像翠西·艾敏那张紊乱肮脏的床，对规则的怀疑和失望，伴随着自我的放逐一泻千里。而达米恩·赫斯特本人的颓废在出道代表作《一千年》中一览无遗：绝望愚蠢的生死，永不得超生的地狱。

我们对颓废的误解，是认为颓废者必然消极厌世，但事实上，颓废因为反对旧体系而孤零无依，如果无法发展出新力量，颓废者不仅不能接纳死亡，甚至不能承受死亡带来的恐惧，而为了躲避这种恐惧感，颓废者会进入一种虚假的积极状态：以利己的方式带来享乐的幻觉，以抵抗这如影随形的死亡恐惧。搞清楚这个问题，就能明白为何富有的赫斯特依然积极申请救济金，难道是 20 多年后的他不颓废了吗？不，只是他颓废得更为彻底，更为世故而熟练了。

颓废美学可以从波德莱尔的《恶之花》说起，恶败之物被赋予了不可思议的吸引力：路边的腐尸、孤岛岸边高悬的枯骨、美丽诱人却有病的花朵 —— 为何生命会被向下的力量吸引？这是一种现代性的忧郁，是现代社会加诸心灵不可忍受的压力结果。在对恶与丑的拥抱中，颓废以厌弃的方式击溃了古典式的完美，并向着相反方向野蛮成长，如波德莱尔所言："阳刚美的最完美原型是撒旦。"当张洹以一身赤裸肌肉装走上纽约街头，这是一种肉身撞击文明的企图；当苍鑫用舌头舔天安门城楼前的地面，这是一种袒露赤裸生命唤回最初某些东西的渴望。这些略带"邪性"的艺术是对现代文明的祛魅，为了抵抗"上帝"的桎梏而趋向"撒旦"，希求在神秘的原始性中聚合起力量，就如青铜时期的狰狞庄严，也如希腊悲剧在恐怖中让命运感降临。事实上，"恶"除了具有批判的积极意义外，更有可能令人接纳全部的真相而走向无惧，但如果"恶"仅仅为了显示个体力量，并成为掠夺他者的手段，那这样的"恶"无论形式如何宏大，究其本质依然是一种利己的妥协，一个无法自足的虚弱主体。

与颓废之"恶"不同，还有一种颓废之"乐"以积极的方式讨人欢喜。颓废者在对生活的憎恶中，将自己伪装成一种较高生活层次的崇奉者，颓废者将力量转为在细节上的极致雕琢，这是一种无意义的"积极进取"，看似投入实则逃避，以诉诸感官愉悦的方式逃避面对现实。从穆时英的《上海的狐步舞》到金宇澄的《繁花》，目不暇接的上海细节被毫不节制地倾泻，读之沉浸玩味，背后却是时代衰弱前的自恋与沉迷；与之相似的仿古绘画也让人沉浸于细节中，郝量的绘画是新时代颓废的典型代表。除了在旧时光中重获慰藉，潮流艺术也制造着感官乐园：被期许为下一个Kaws的朱莉·柯蒂斯，饱满细腻的画面，迅速拉满愉悦的张力，如一枚强效春药令人欲罢不能；乃至在空山基的机械姬身上，躲入未来的渴望与原始性欲浑然一体，在安置妥当的躯壳中，灵魂停留在悬浮的舒适区中。精致的艺术往往令人难以抗拒，在华丽的形式下，虚弱显得有力，衰竭显得充盈，怯懦显得勇武。

对享乐的积极进取，像一场对感官的劫持和填充，不为意志留下一丝自由扬升的空间，允许苦难，并敬畏苦难，也许能保留最后一丝清醒，看清这利己的诱惑。

虚无：无期的否认

发现荒谬，是觉醒的开始。

"起床，乘电车，在办公室或工厂工作四小时，午饭，又乘电车，四小时工作，吃饭，睡觉……一旦某一天，为什么的问题被提出来，一切就从这带点惊奇味道的厌倦开始了。"在《西西弗的神话》中，福柯认为这突发的"厌倦"有积极意义，这是真正自我意识的开始。在美剧《西部世界》中，智能 AI 的觉醒就是从某一刻的自我质疑开始：我为何要重复这样的生活？对我有何意义？以及，我为何要成为"我"？质疑令日常的连续状态被中断，如果无法找到重新连续的合理性，那么，一种"虚无"的状态便随之而来 —— 为生命扎入意义的"锚点"不再，空心的人厌弃生命，唯一的抵抗就是最低程度地投入生命，允许徒劳继续，以百无聊赖的状态否定积极的渴望。

这种"百无聊赖"在方力钧和刘小东的早期作品中清

晰呈现，群体中的边缘人置身事外、麻木不仁，他们
允许任何事发生，甚至对于自身的无能为力也不以为
然。这是一种群体性的虚弱，往往发生在信仰坠落之
前。在苏维埃政权的最后时期，人们停止了工作，在
工作时不断喝酒聊天，不停地说他们真的好累。政府
最终失去了群众的能量，政权的失败源自内部的衰
竭。而与之相反的亢奋和激昂出现在政权早期，在苏
联和中国早期的政治宣传画中都能看到强有力的壮硕
工农兵形象。但有趣的是，缺陷似乎永远比完美更有
魅力，人们往往更着迷于疲惫迷茫的形象，比如爱德
华·霍普画中的都市人，他们似乎陷入了人生的某一
刻而不再向前，这种静止获得了同样陷入忧郁者的共
情；而在吕克·图伊曼斯制造的如老式电视屏幕般的
画面中，任何事实都变成了一个有趣但事不关己的故
事，观赏获得了趣味，还获得了疏离却安全的距离。
除了这些冰冷的疲惫之外，还有一种隐藏在讽刺中的
疲惫，常常表现为黑色幽默。比如霍安·科内拉充满
"负能量"的漫画，幼稚简单的画面却承载着可怕的内
容，让人在瞠目结舌之余却获得了释放的快感。这是
一种绝望后的残酷，没有一丝向上改变的欲望，却敢

于开最残忍的玩笑，制造最可怕的荒谬。

虚无除了带来疲惫，还会让人相信一切皆是偶然。格哈德·里希特说自己从 16 岁开始便不相信上帝的存在，从此他不屈服于任何信仰，对于一切"坚固之物"都有着逃离、否认的倾向：他画如记忆般模糊的照片，不断刮拭涂抹画面，只因他不相信注定的命运，将一切都交付于偶然中发生。这"看空一切"的虚无，与佛教中的"空性"是否有相似之处？虽然两者看似都不执着于当下的现实，但最大的区别是虚无的本质是否定，而空性的本质则是接纳。这种接纳可以在约翰·凯奇的《4 分 33 秒》中看到：凯奇的"空音乐"接纳了一切真实之声，它看似击碎了音乐的形式，但实则拓展了音乐的内涵。如果说虚无以否定一切的方式独善其身，那空性则是以接纳一切的方式有容乃大。当下，虚无常常披着"超脱"的外衣而显得智慧非凡，请感受在这超脱之中，隐藏着深沉的恨意和抗拒，还是对万物欣然的接纳？

究竟该如何去看待命运的"偶然"，是否一切都是随机？阿兰·巴迪欧如此解释：虽然偶然无时无刻不在发生，但当偶然被注入持续的"忠诚"，那偶然就会成为"事件"，最终变成"命运"。命运是一个超越偶然的塑造过程，而决定如何塑造的人，正是你自己。

虚无，以持续对现实的否认，换取意志自由的幻觉。只是这依然是一种妥协，也许能带来有限的控制感，却也会在日渐的衰弱中，丧失了真正超越的勇气。

接纳非妥协，抗争非发泄

为何要讨论"妥协"的问题？因为今天有太多的妥协不仅没有被发现，还被冠以进步乃至荣耀之名。在一切无可挽回之前，这是一条最后的底线：清楚知道自己正在妥协，知道付出了怎样的代价。

除了妥协之外，当意志面对压力时是否还有其他方式？如何才能最大限度保有意志的自由？当面对绝望之境，请将目光投向西西弗斯："我看到这个人以沉重而均匀的脚步走向那无尽的苦难。这个时刻就像呼吸那样短促，它与西西弗斯的不幸一样肯定会到来的，而这个时刻就是觉醒的时刻。在每一个这样的时刻中，他离开山顶并且逐渐地走入到诸神的巢穴中去，他高于自身的命运。他比他搬动的巨石还要坚硬。"加缪感受到了西西弗斯的自由法门，那就是——全然地接纳，全然地超越。当面对无间地狱般的惩罚，西西弗斯没有对抗或颓废，而是全然地投身于每一刻，他坚韧的意志让惩罚落了空，因为最大的惩罚不是对肉身的折磨，而是在折磨中令意志堕落。所以，西西弗斯每一次坚定地推动石头上山，都是一次自由意志的胜利，他超越了宿命的苦难，超越了终极的绝望，正如加缪所言："不屈不挠的精神和清醒的意识就这样构成了征服的立场。"

全然地接纳，和服从有何区别？服从是放弃了意志沦为命运的奴隶，而接纳是保留意志后允许命运发生，不以对抗的方式运行自由意志。如日本侘寂美学，在于全然接纳了"生命必然颓败"的事实，这种美学并不促成颓败发生，而是在毫不回避的凝视中为其注入了魅力，最终造就了超越颓败的隽永；而在周阳明 20 余年的"画道"过程中，他选择将艺术的频率与生命的频率对齐，在扎进每一刻当下的过程中，持续地接纳，持续地反对，持续地超越。所以，在真正的接纳中，意志永远不能逃避面对苦难，而是深深地进入其中，得以诞生出更强韧的力。

但最终要说的是，并不是所有困境都能通过接纳来超越。当面对不存在任何接纳可能的困境，请意识到自己拥有抗争的权利。值得注意的是，真正的抗争不是愤懑和失望的发泄，而是源自信念和原则的坚持，正如甘地发起的"非暴力不合作"运动，抗争并非必须激烈对抗，需要的是不因任何情况而改变自己。辛波斯卡在诗中写下：我偏爱写诗的荒谬，胜过不写诗的荒谬。也许世界的荒谬无法可解，但依然可以在自我意志的展现中，赢得一线自由的生机。

请记住，人并不因妥协而幸福，却因战胜了苦难而幸福。请允许真实发生，这就是不再妥协的开始。

玛丽娜·阿布拉莫维奇,《节奏 0》,1974 年

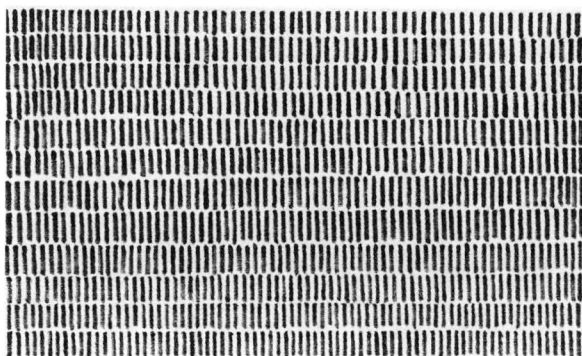

周阳明，《无题》，2019 年

聪明误：艺术的障碍

今天，艺术家的困境不在于如何变得聪明，而是如何不做一个聪明者。

"聪明者"认为世界总是在不断进步的，而聪明是保持同步的关键能力。当下，人类大脑即将接入电脑，元宇宙出现在春晚小品中，更优质的工具被发明以辅助人类"更快更高更强"，这难道不是进步吗？

这是一个源自古典与现代世界割裂的冗长故事：资本的扩张本能为万物写下商品的宿命，古典的信仰被功利主义取代，真实的世界日渐被机器的世界取代。"有价值"成为衡量万物的尺度，击败对手成为"胜者"即成功。在以"手段-目的"作为捷径的前提下，人开始向机器式的人造完美认同，进取而永不犯错的机器成为神龛上的图腾。

与听从内在深层的需要不同，浅表的需求伴随新工具的诞生而激活，每一次被点赞的网络形象背后，鼓励的是继续扬升这一社交形象的渴望。在这片假装无所不能的人造新大陆上，人们越来越难以在离开工具的情况下了悟真正的需求，直至成为工具的俘虏，每个行为都毫无意外地落入算法之中。

如果外星文明企图毁灭地球文明，哪些人最应先被消灭？——答案是真正的艺术家。谢德庆说：艺术家是知道大人想干什么坏事的早熟小孩，艺术是他们用于对抗的游戏。当然，对抗并不仅意味着对立，而是一种无法磨灭的、显现人之本质的企图。这种努力保护着人类文明中最珍贵的某些部分，而不至于使其在"进步"中丧失殆尽。

艺术与任何人参与的领域一样，"真"总是稀缺之物，并不是所有艺术家都在做着本质的工作。事实上在重视效果和效率的当下，越来越多的"艺术"不再纵向深入生命，而是在浅表无限横向延展，满足各种缤纷的人造欲望。这是一种假装进步的艺术，以先进的方式制造着限制，将生命限制在"新鲜-厌倦"的闭环中疲于奔命，不知归途。

假装进步的艺术，也是被聪明所误的艺术，试图认清并跨越这聪明的障碍，是走向真相的第一步。

造物与"人造物"

这是个"一手"稀缺、"二手"泛滥的时代。

"一手"来自从无到有，从神秘的零中诞生了可见的"一"，宛如一次新生命的降生，这是造物的神奇；但"二手"不来自"无"，而是来自"有"，"技艺者"从既有的原料中取材进行再创造，制作成人造物。造物的生命性决定了它的参差多态，不完美却魅力无穷，而人造物的工业性决定了它的标准一致，看似完美实则单调乏味。

虽然缺乏未知的魅力，但人造的世界安全而畅快。年轻人不需要亲自去吃饭或购物，就可以通过观看主播吃饭或打开盲盒来获取"仿真"的满足，这是一个欲罢不能的开始：观看即参与，安全有效率。二手经验的满足感来得猛烈又便捷，但也因为缺乏践行成本而更易消散，如果要让快感延续，只能马不停蹄地奔向下一个二手时刻。

一手造物越来越少，因为造物的过程需要漫长的耐心、忍耐与坚持，以及对于不可见之物保持信任，如同等待一颗种子成长为大树，如同艾格尼丝·马丁将每日的冥想作为创作必需的一部分；为何二手的人造物越来越多，不仅因为快捷有效，人造物还赋予了人对自身力量的确认，带来自信与自足，所需要做的仅是"把整个自然看成一张巨大的网络，我们从中裁剪出想要重新缝制的东西"（汉娜·阿伦特），在这个世界中，人是造物主，也是万物的尺度。

今天，我们更容易将"人造物"视为聪明。获得天才麦克·阿瑟奖的徐冰，他的"英文书法"被国外选入智商测试。但需要思考的是：拼接是创新吗？圈套是智慧吗？杂交是进步吗？这一切动作都指向了人头脑层面的技艺，也就是"聪明"。在这"聪明"的艺术中，万物乃至文明都是供人使用的工具，事物的本质没有任何迷人之处，唯有通过人的"加工"才可能产生意义，但这种"加工"实则一场假装成创造的摧毁：唯有摧毁一切自然律，以人造的方式建立崭新的规则，才能获得"人无所不能"的技艺自豪感。在这样的艺术中，重要的不是本质或真相，而是如何人造一个可供把握并凌驾其上的新规则。

在徐冰作品《背后的故事》中，无论是构成形式的原料，还是作为内容的文化本身都没有被予以尊严，一切都让位于人作为技艺者的高明操控感。作为亮点的残枝破物被强化"贱弃物"属性，唯有成为圈套中的一分子，粉饰出一个正面的形象才能获得价值；而被伪装的古典绘画也仅是一个徒有其表的谜面，无法抵御现实的割裂及从内部开始的消解，这是一场传统自我拆台的表演。这样的艺术让我们思考：如果希望让大众与美连接，不是通过让大众向美扬升，而是让美向下消解，是否有效？无论"人造艺术"以进步之名赋予自己多少理由，一旦真实凝视只会陷入头脑层面的趣味玩赏，无法体会规则之外的可能，那仅是一个让人困在有限性中的智力游戏。

作为人造物的代表，科技必然带领人进步吗？现在，AI可以通过学习画出堪比原作的伦勃朗作品，谱写出贝多芬风格的交响曲，在规律性清晰的古典领域游刃有余；但一旦进入出其不意的观念艺术领域，AI便无法创作出杜尚。科技也许可以轻松复制客观的"再现"，却无法把握心灵的秘密进入主观"表现"，工具的使命是在复制中提高生产，而生命的使命是在重复中渐渐生长，看似一样的循环往复，生命却可以在循环中升维、进入下一阶段，艺术无法被工具取代的秘密也正在于此。事实上，如果工具不能帮助生命深入无限的真实，反而将其带入有限的标准化世界，那这就是一种虚假的进步，一种包藏在文明外壳下的退化和虚弱。

本雅明提出了一种"积极的粗俗主义"，指在极端情况下文明可以牺牲优雅，以粗俗的样式来延续生命。野兽派正因其大胆骇人的色彩被冠以粗俗的"野兽"之名，但也正是这股原始洪荒之力的带领，艺术才能从印象派的视网膜效果后深一步探索，进入人更为主观、本质的灵魂表达；也正是这股充满生命力的能量，让工业城市化进程中的艺术家保留了最热烈的温度，生成灵魂的艺术，不以成为冰冷工具的操控者为荣。

所以，什么才是真正的文明延续？什么是文明中最珍贵的部分？不是技艺创新或科技进步，而是人始终连接着生命力的源头，永远保留着作为人的真实，不怯于袒露脆弱和恐惧，敢于用力量打破规则，更敢于全然地交付，顺着生命之流的生长走向无限。

在精致聪明的人造物与粗俗笨拙的造物之间，愿我们永远站在真实的那一边。

AI深度学习算法生成的伦勃朗画作《下一个伦勃朗》，2016年

徐冰展览"思想与方法"现场，作品《背后的故事》，2018 年

无效的"新形式"

进步必然伴随着新形式的诞生，可是反之却未必。
国王因为仇恨而每晚娶一个女子，翌日诛之，直到他
遇见了那个为他持续一千零一夜讲故事的新娘，他决
定与她白头偕老。在这个故事中，每日被诛杀的新娘
是一种虚假的"新形式"，是一种满足欲望需求的表面
化创新，翻新可以无穷无尽，但如果不触及本质的改
变（国王的仇恨），那便是无效的重复；而最后的新娘
让本质发生改变——她让国王在原地停下，制造纵向
深入的可能，重复的力量从广度变成了深度，生命力
从欲望的宣泄变成了目标清晰的热爱，至此，真正的
"新形式"诞生了。

所以，如何判断新形式的真假，可以参考马克·罗斯
科的艺术标准：是趣味还是责任？是应用还是概括？
趣味即时尚，是应用，是通过不断变化面目来取悦当
世的能力；而责任是为了推动成长，是概括，是持续
不断向本质深入探索的能力，正如罗斯科所说："通

过减少那些感官领域的真实，让人类与永恒的真实产生直接的接触。"而所谓艺术家的能力，也正是如此。这种概括的能力，能帮助艺术家从感官领域的诱惑中抽身而出，继续清醒地探索。

但是，今天有太多的艺术家，以新形式本身为目的，却忘记了形式不是结果而是探索真理的手段。当下流行一种认知，认为艺术就是"要说没有人说过的话"。在这个语境中，艺术的重点从"什么"变成了"如何"，从对本质的凝视，变成了手段的翻新，从"过程即目的"变成了"目的即目的"。这是一个所谓现代化的转变，一个坚固之物不断降解的过程，永恒变成了笑话。所以，当我们再次遇见一个"新形式"，请试着判断：它除了提供趣味之外，是否还能提供真相？它催生了欲望，还是还原了本质？它让人学习新的游戏规则，还是发现了无限可能的自己？

必须承认，这是一个更欢迎虚假新形式的时代。永恒的坚固之物不符合资本的逐利本能，层出不穷的新形式刺激感官，让消费永无休止。波普艺术的诞生源自对于资本商业的敏感，也是崇高理想远离现实后重返现实的必然，但我们需要思考一个问题：呈现不堪现实，或者将情况恶化用以呈现的艺术，是否能形成真正有效的批判？或者说，只呈现"已知"的艺术是否有效？不可否认，知情总好过被当成傻子蒙在鼓里。但是，正如鲍德里亚所言：你不能麻木地重复着在同样的东西上施加相同的东西，以此来结合成同样的东西。艺术能做的工作远不止于此——而是邀请观者共同创造"未知"。艺术家不应只是成竹在胸、清晰罗列的提案者，也应是敏感好奇、走向未知的寻宝者，带领人们不仅兑现已经存在的可能，而是去创造真正不存在的新可能。

"真正的革命不是颠覆，而是对永恒的渴望。"阿兰·巴迪欧如是说。当所有人都认为颠覆才是革命时，常态的"颠覆"成为了丧失力量的表演，比如当"Meta"（元）这个新潮字眼被越来越多运用于艺术时，带来的是毫无意外的陈词滥调，这是一个假装进步的选择。在巴迪欧看来，对新形式的渴望在艺术中确实很重要，但对于形式稳定性的渴望同样重要，但稳定性的体现也不能借助披上一张传统皮囊实现。在今天这个充满奇技淫巧的时代，还有谁能穿越新形式的诱惑，敢于去固执地渴望永恒，笨拙地相信永恒，那才有通往真正革命的可能。

事实上，带着真正的热爱，任何一条通路都有可能通往永恒，为爱付出持续的探索，真正的革命就会如同枝头待熟的苹果，自有其瓜熟蒂落的时刻。而我们要做的，便是在张力的顶点等待。

不动人的"正确"

聪明更容易正确，但正确未必动人。

为何反派有时比正派更有魅力？因为不完美才更接近人性的真实，而"真实"是一切魅力的源头，也是艺术最重要的魅力之一。艾格尼丝·马丁认为：一件作品只有当它暗示着完美的存在时才成功了。马丁道破了艺术的秘密之一："暗示"是动人的钥匙，而不是僵硬如说明书般的正确"指示",生产着所见即所得的乏味。

真正的艺术家之所以难得,在于他们能自动识破"正确"的弱点并抵制诱惑,不止做看起来像艺术的艺术,不止过看起来像艺术家的人生,虽然符合期待的样式象征着安全,但对于真正的艺术家而言,他们永远只接受"真实"的召唤。值得注意的是,这里的"真实"并不是浅表的七情六欲,感官的真实是随风而变的镜花水月;艺术的真实,是穿透外在后的本质,以及不断向真理趋近的渴望。如何抵御"正确"的诱惑?需要讨论以下几个问题:

1. 有标准还是无标准?

正确来自完成标准,那么艺术的标准是什么?今天,万物皆可为艺术,人人皆是艺术家,是不是意味着艺术不存在标准?在观念艺术之后,艺术似乎进入了"无新鲜事"时代,新形式创作爱好者走到了末路。可正如上文所讨论的,真正的艺术从来不以新形式为目的,而是在追求某种永恒之物的过程中恰好生成了新形式。可惜，人们往往将更为可见的形式视为学习标准，并将其归纳为通往正确的捷径。

如何判断一位年轻艺术家的潜力？如果其作品看起来像其他成功艺术家，是否就能轻率地否定？事实上，作品是否与别人相似并不是致命部分，而是在这相似之中，是否能感受到源自艺术家本人活生生的生命情态、意志立场？相反，如果这份相似之中唯有冰冷的形式、浓郁的"作品完成感"，那便是一次试图"正确"的模仿，是一次对自我生命力的扼杀。值得注意的是，阶段性相似是艺术成长中的自然路径，就如同两棵树苗在最初看不出区别，甚至生长中会有相似的姿态，但只要给予足够的时间，真正的艺术家一定会长出独一无二的模样。

如果艺术家脑中堆满了艺术的形式，却无法转化为滋养自身的力量，那获取的信息越多反而障碍越大。赵无极说艺术家要割掉舌头，也许在满目新形式的今天，艺术家还需要学会闭上双眼。

2 . 有意义还是无意义?

"有意义"是一种崇高的诱惑。符合标准的艺术满足人欣赏的趣味,而以"意义"为目标的艺术,以崇高之名让人不知不觉陷入隐藏的功利主义:目的即目的,最珍贵的生成过程被取消,艺术成为宣传口号和理念工具。当种族、女性主义等问题成为"有意义"的潮流,当题材本身成为更重要的选择,创作究竟变得更为自由还是更多禁忌?

那么,艺术难道不应追求意义吗?汉娜·阿伦特能解答这个问题:"人类不可能获得自由,除非他知道自己是受制于必然性,因为把自己从必然性中解放出来的努力不可能是完全成功的,但正是在这个过程中,他赢得了自由。"——这是一个有趣的悖论,意味着人可以在接受无意义的前提下创造意义,其中最珍贵的部分,就是那份"绝望"。当放下所谓创造意义的壮志雄心,依然不问前路地全然投入,这是一个有可能创造伟大的开始。如同罗曼·罗兰在《巨人三传》中描绘米开朗琪罗在创作西斯廷教堂天顶画的过程中,没

有一刻认为自己在创作伟大作品，"我除了夜以继日地
工作以外，什么都不想"。

这是源自西西弗斯的使命感，即使山顶的巨石永远会
落下，但在忠诚完成使命的过程中，人的意志才有可
能超越绝望，创造被后人称之为意义的东西。

但在这一切开始之前，相信存在使命，是对于现代人
更为困难的第一个问题。

3. 有缝隙还是无缝隙？

艺术最为迷人之处，来自"缝隙"之中。什么是"缝
隙"？用吉奥乔·阿甘本描述舞蹈的话来说，是两个动
作之间的"悬置"时刻，而舞蹈家的能力在于如何在
这之中注入独特的张力。为何"缝隙"如此重要，借
用学者蓝江举的例子："形式"像美杜莎施咒的石像般
坚固，"生命力"像缪斯赋予的灵感般流动；生命力无
法脱离形式而赤裸存在，而形式不注入生命力也是行
尸走肉。真正的艺术家不能沉溺于任何一边，始终维

持着"美杜莎"与"缪斯"之间的微妙平衡，在控制
与不控制之间，限制与自由之间，创造着充满张力的
"缝隙"。

"有缝"的缺陷，比"无缝"的完美更动人。后者属
于冰冷无味的人造物，而在前者的艺术中，我们能看
到某些真相流淌而出。伦勃朗的人像正做着这样的工
作，在伦勃朗的笔触下，生命的不完美成为比完美更
重要的事情，让·热内将其描述为"让灿烂的光芒在
最悲惨的物质中穿行"；事实上，伟大的艺术家都或多
或少做着"缝隙"的工作——莫奈在光影的缝隙中探
索着自然的真相，毕加索在维度的缝隙中探索着感知
的真相，杜尚在艺术的缝隙中探索着艺术的真相。但
同样地，艺术家无法将"制造缝隙"作为标准来倒过
来创作，这是一个浑然不觉又充满觉知的过程，唯有
在自然流动之中，缝隙才会随着生命的节奏出现。

艾格尼丝·马丁说：失败的画是一定要画的。是的，敢
于去犯错，是进入真实生命节奏的第一步。

写在最后

这个时代的荣誉，肯定了征服万物的野心和重塑传统的渴望，我们从未像今天这般确定"人是万物的尺度"，在操控万物的幻觉中，我们是否还能回忆起人也是天地间的造物，不是无所不能的造物主？我们是否还能摆脱头脑中无数的抽象概念，连接每一个具体的生命？我们如此努力地上下求索，如果只是持续着聪明的错误，那何尝不是真正的愚痴。

如果有令生命真正升华的道路，其中必有一条路属于不被聪明所误、连接生命本质的艺术。在这样的艺术中，你会发现：超越，从臣服开始；无限，从有限开始；智慧，从笨拙开始。

达米恩·赫斯特：伪神的世界

成功，令人封神。

世界对于成功艺术家的姿态大多是赞美的，这使得客观评价"成功"作品变得艰难。我们能轻易对着刚出道的年轻艺术家说出真实感受，但在名流云集的"大师"展览上只能微笑不语。但是，"成功"必然意味着作品杰出吗？当下的成功是否能被艺术史铭记？每个能在活着时见证成功的艺术家，他们究竟做对了什么？

我们可以试着在当代最贵的艺术家之一—— 达米恩·赫斯特身上找到端倪，他的作品《摇篮曲之春》于 2007 年以 1930 万美元拍出。但本文并不旨在仅仅讨论达米恩·赫斯特的成功之道，文末会分析赫斯特作品本身的优势。更重要的是，透过"成功"的皮相，高昂的价格，赫斯特的作品是否也有着同样巨大的精神价值？是否当得起世间对他的盛赞美誉？

如果，我们能在赫斯特的作品中，发现那些被成功光环遮蔽的局限性，这更符合艺术的真实——毕竟，艺术是人类灵魂的显化，人类从不完美，而艺术的高贵，在于敢直面所有的不完美，包括艺术家自己。

讨论赫斯特，我们显然要从"死亡"开始。毕竟，他出道至今的作品中，几乎都以各种方式演绎着"死亡"命题。他如一个窥视潘多拉魔盒的孩子，既恐惧又欲罢不能，想尽办法描述着心中的魔盒宝物。这个挑战很刺激，但也很残酷，因为在生死前，甚至是描绘生死时，最能看清楚谁是真正的勇士，谁是苟且的懦夫。那么，且来看看达米恩·赫斯特的表现。

以死为真

故事从一场谋杀开始。

《一千年》，这是一个改变达米恩·赫斯特命运的作品。做这件作品时正值 1990 年，他还没从美院毕业，而查尔斯·萨奇（盛世长城广告公司创始人）一见惊心，成为赫斯特长达 13 年的艺术赞助人，将他顺利推向国际一线艺术家之列。观众站在这个"橱窗"前，每一刻都围观着生与死 —— 橱窗被分开两区，一区内苍蝇在孵化，新生苍蝇被另一区的牛头吸引，刚飞过去便会遭受被灭蝇网谋杀的宿命。

赫斯特曾说，他做这个作品的初衷，是希望能在一个作品中展示生与死的循环。事实上呢？ —— 前仆后继的苍蝇，腐臭的牛头，冰冷的灭蝇灯，从这些隐喻中我们感受到了艺术家在 25 岁时的绝望。橱窗内，是一场刻意设计的生死"循环"，但很遗憾，"循环"并不成立，因为每一只苍蝇的死都是单向的，和另一区中的"新生"毫无关系，每一个死亡都残酷而厌弃地落在地上，死即终结，没有产生任何新的意义。

但，生命的真相仅仅如此吗？在真正的生命中，死亡并不是终点，生死的循环每一刻都在发生，"化作春泥更护花"，死亡可以通过有形（如生物遗传）和无形（如知识经验）的方式来延续新的意义。

很可惜，在当时赫斯特的观念中，死亡，是苍蝇蝼蚁为生存付出的愚蠢代价，是一次又一次单向的终结，一次彻底的湮灭，一种彻骨的绝望。

在这个作品中，达米恩·赫斯特将"死亡"视为生命唯一的真相，这个短视的观念，令生命成为了一场有限的闭环，正如这个窒息的橱窗展示的一样，有限的观念，打造了一个无间的地狱。

艺术家在某种程度上是"上帝"，可以随心造物，显化心中的世界。法门不同，世界各异，当我们进入一位艺术家的世界，不妨思考和感受，在这个世界中的生命，是否被赋予了应有的尊严？灵魂的痛苦，是否尚存一丝被救赎的可能？

死亡橱窗

艺不惊人誓不休，达米恩·赫斯特的时代才刚刚开始。1991 年，一条长 4.5 米、重 2000 公斤的虎鲨在澳大利亚被捕获，接着被冰块冷冻并运往伦敦，在那里，达米恩·赫斯特指导技师们将之注入福尔马林并装入巨型水族箱——《生者对死亡无动于衷》诞生，这条大鲨鱼以惊悚之姿，撕咬着让赫斯特进入了一个更成功的阶段。

毕竟，没有人能看到这件作品时"无动于衷"，大鲨鱼的嘴被穷凶极恶地打开，足以吞噬一切的巨大体形，让接近的观众陷入生命最本能的恐惧。从这点上而言，作品英文名能更好地解释这个状况（The Physical Impossibility of Death in the Mind of Someone Living），直译便是"在生者脑中死亡概念之不成立"，即使虎鲨已经死透了，失去了攻击性，但只要展示其皮相，人们还是能立刻否认掉"已经死亡"的事实，让恐惧的刺激感瞬间支配感官。这可不仅是鲨鱼而已，赫斯特用鲨鱼的"死亡"事实和观众的体验做了一个博弈，在死亡本体和感官刺激之间，他毫无怜悯地站在了感官这一边，这并不是因为他对感官过于自信，而是源于他对死亡的鄙弃。

可以说，赫斯特之后发展的《自然历史》（Natural History）系列，都是对这"漠视死亡"概念的发展，我们可以看到漂浮在福尔马林中的和平鸽、羔羊、牛、独角兽等各种撩动人类情感的象征物，它们无一例外栩栩如生，但最被人铭记的，永远是那些更为残暴的呈现——母牛与小牛双双被精确劈开，肉体和情感上的双重残暴，作品名为《母子分离》（Mother And Child Divided），获得了 1993 年英国透纳大奖。对此，赫斯特本人都感慨：一个扭曲的想法和一把链锯，居然带来了最高奖励。也许我们从这些作品中可以看到对于宗教、信仰、血缘等问题的触及，但请勿忘它们的底色：死亡本身被出卖，它仅是这场演出中的一件演出服。表演的花样越丰富，死亡被轻慢得越彻底。

如果说，在《一千年》中赫斯特还在如实表达他认为的死亡本质，那到了《自然历史》系列中，死亡已经失去了单独出场的资格，哪怕是不堪的出场。如今的每一种死亡都成为被随意打扮的面孔。曾经严肃的绝望，已成为假装深刻的惊悚秀，严肃者已退场，弄潮儿闪亮登场。

从《一千年》开始，赫斯特构建了其特色"橱窗"体系。艺术语境发生在一个如商店橱窗的玻璃空间内，人们站在外部观赏。这是一个属于商业资本社会的隐喻，从物质到情感，一切皆可橱窗，万物皆可赏玩，冰冷残酷，却带着诡异的可欣赏性。1848 年，马克思曾说过：（资产阶级）把人的尊严变成了交换价值，一切等级的和固定的东西都烟消云散了，一切神圣的东西都被亵渎了。

如果将世界上的艺术品从创作动机上粗暴地分为两类，一类来自主体表达，即悦己；那另一类则服务于客体观看，即悦人。两者的经纬从来不甚分明，往往彼此交缠。但不可否认，有些作品从创作之初，就是为了满足"被观看"的需求，达米恩·赫斯特就是其中的典型代表。在这点上，他与崇拜的弗朗西斯·培根有异曲同工之妙，橱窗系列中赫斯特对动物尸体的呈现方式深受培根画作的影响，作品中都有着深刻的"观看者"视角。但不同的是，培根自己是那位观看者，他沉迷着、玩赏着肉欲暴烈的每一个笔触；而赫斯特自己并不直接从观看作品中获得满足，他的快感，来自观看人们观看其作品产生的种种反应。

这究竟是一场艺术家从作品内部的退场，还是试图从外部捕获无限欲望的开始？当死亡象征着的一切，如"终极""衰老"以及"智慧"在这个世界不再受欢迎，不再被尊重和敬畏，那么死亡的唯一价值，就是被观看，被投掷入感官流中，制造一个刺激的时刻。

不死之瘾

无论艺术家日后如何隐藏自己，核心价值观其实已在最早的作品中暴露无遗。如果说《一千年》中达米恩·赫斯特坦白了自己的生命观 —— 对死亡的厌鄙，那么其后续作品则是这种生命观的持续演化：对死亡既厌恶又恐惧时，会有怎样的反应 —— 比如，对"活着"上瘾。

因为相信死亡终将不可避免地毁灭所有意义，生命会发展出两个方向来获得安慰。一者是沉浸于声色犬马的快慰之中，将满足感官愉悦作为生命的意义，这是消耗型的方向；而另一者则是追逐名利，在社会秩序中稳步上升，获得活着时的每一刻安全保障，这是构建型的方向。两者的结合时有发生，当它发生时，就成为当下所谓现世幸福的样本：工作时勤恳拼搏获得财富和名声，下班后放飞自我沉浸物质感官享受，接着，周而复始地循环。好莱坞电影《美国精神病人》正演绎着这样的人生：作为主角的精英股票经纪人白天衣冠楚楚，夜晚变身纵情声色的杀人狂。

这有可能成为一个完美循环吗？事实上，这样的切割让生活分裂成了"好"的时刻和"不好"的时刻，一旦抱持这种观念去生活，你却会发现"好"的时刻是如此之少，而"不好"的时刻却充斥整个人生，甚至在"好"的时刻也无法全然投入，在"不好"的时刻形成的紧张惯性，对未来的焦虑始终隐隐控制着心灵。怎么办？——安抚人心的"上瘾"之物便登场了。

看一看达米恩·赫斯特的作品吧——他制造了无数色彩缤纷的"小药丸"，全部由他的"科学有限公司"员工手工制作而成。"药丸是绝妙的小东西，比任何物品更能表现极简主义。它们被设计得色彩缤纷，诱惑着你购买，它们让你感到美好，你懂的，服一颗药丸，感受其中之美。"赫斯特如是说。同时，他让现代人的药柜以现成品的方式呈现，并命名为"三位一体"，没错，药柜已是现代人膜拜的神龛。

当人生已被切割成"好"和"不好"的碎片，药丸就是修复所有"不好"的快捷方式，每一刻似乎都在向现代人保证：相信我，我能带你重回好时光。通过吃药，人们重新找回了对生命品质的控制感，药丸对灵魂的安慰已高效过任何宗教。伴侣关系不合？没关系，来一些抗焦虑剂，必要时可以再来点催情药。觉得自己不够成功？没关系，也许一点肾上激素就能帮到你。我们不仅是药丸的信徒，更相信万事都可通过一个小技巧快速解决，只要不逼着我面对问题本身。

和药丸带来的"永生幻觉"相比，烟草带来另一个方向的安慰。烟草和酒精一样是知名的致癌物，但人们依然欲罢不能，因为消耗型人生至少享有了当下的快慰，和看似遥远的死亡相比，当下的快感至少触手可得。赫斯特以烟蒂为素材的作品相当诚实地展示了烟的隐喻，这是一幅当代社会的浮世绘，每一颗烟头都如同一个湮灭的人，明知无法逃避消亡的命运，但却无法忍住点燃的欲望。

药丸和烟草，都在抵抗着对死亡的焦虑，但却常常成为令人上瘾的毒药。毕竟，在死亡已经失去庄严和意义的时刻，最后的英雄主义也飘散而去，生命何来真正的尊严，只要活着时能享受一丝快感，这，就是仅存的自慰。

浓妆艳死

死亡可以是美的吗？达米恩·赫斯特的答案是，是的，死亡可以"成为"美。

于是，我们看到了来自昆虫和蝴蝶的作品系列：无数蝴蝶标本组成的繁复画面，有的蝴蝶翅膀被拆下单独使用形成对称图形，如梦境般迷幻；那些如宝石镶嵌而成的耀目装饰图案，每一颗"宝石"都是闪亮的昆虫标本。注意到了吗？这些所有令人炫目的景象，由一个或无数个死亡构建而成。"死亡"是组成美丽图景的素材，按照计划被摆放到了合适的位置上，精确"制造"了美。

也许你会说，难道不是因为每个死亡都有其美的一面，所以才能构成整体的美吗？但，这并不是个体和群体的问题，而是个体在进入无法对抗的强大意志系统中后，除了被利用之外，是否还有可能保有其生命的本质部分？把生命的本质还给每一个单独的生命？——显然，在被强行安置的意志体系内，每个生命的单独被"看见"，都成为不可能，生时不可能，死后更无一丝可能。

在继续讨论赫斯特此系列的作品时，不妨看看另一种可能，死亡本身"是"美，而不是"成为"美。在同样对死亡有着深切关注的日本文化中，诞生了"侘寂"（Wabi-sabi）美学。面对生命易逝这个不可逆的事实，侘寂美学选择全盘接受，它非但不否认这个事实，反而开始直面最恐惧的部分，当死亡逼近时，会发生什么？——枝叶会干枯，瓷器会破碎，肉体会衰败，但是当我们能带着敬意看着这一切貌似"衰败"的意象时，侘寂之美，发生了。

佗寂，是放下了绚烂渴望的寂静灵魂，它不再畏惧时间带来的任何改变，也不否认或羡慕青春的鲜嫩，因为生命是一条连续而不是割裂的河流，佗寂尊重的并不只是枯败的容颜，而是尊重生命中的任何一个时刻，哪怕破败不堪，哪怕行将随风而逝，这是一种全然的接纳，全然的无惧。在选择直面死亡恐惧，而不是粉饰死亡的那一刻，生死之限已被穿越，不二之境便是永恒。

整容，健身，服药，现代人对生命必然衰败的抵抗已成为产业，我们忍不住与达米恩·赫斯特一样渴望让生命的美丽如蝴蝶标本般凝固，不惜用尽一切手段，至死不渝。可悲的是什么呢？是我们忙着否认当下的自己，忙着追求"成为"美时，失去了看到自己每一刻都"是"美的能力。

以死亡粉饰"伪美"，彻骨的残酷和冰冷，却闪耀着令人迷醉的美丽外表。这是多么恰当的，也是真正受这个时代欢迎的艺术。但无论再炫目璀璨，也不过是供懦夫藏身，不敢醒来的一个美梦。

避死求乐

既然死亡不可避免，那么，追求快乐有什么错？任何生命的本能都是趋利避害，这无可厚非，但真正的人类应当发展出一个与地球上其他生物不同的特质，那就是智慧。可是，智慧到底是什么？

在工作中获得安全可靠的经济保障，找一个门当户对的伴侣确保生活阶层继续攀升，给子女的前程规划到成年乃至几十年后，这些，是智慧吗？事实上这些行为，来自对生活潜在威胁的防御，这样的人生，是一张无法停下的保险单，无论表面看起来多么静好，皆是来自深层恐惧的条件反射，用弗洛伊德精神分析的话来说，是死亡驱力暗地里寓居于生命驱力之中的意象。

以这样的生活方式来看，干将之子眉间尺为了能替父报仇，自己将头砍下交给侠士的信任是荒谬的；高更35岁辞去证券交易员的稳定工作，转而当自由画家的勇气是疯狂的。所有冒险而不确定的试探都是被严格禁止的。这样的信念和智慧无关，我们可以姑且称之为优秀的生存能力。当人类只把自己放置在生存层面，那需要解决的，也就仅仅是与肉身相关的问题，其中最重要的，就是在安全的情况下满足所有感官需求。

那么，欢迎来到达米恩·赫斯特的缤纷感官王国——从一个，到成千上万个，无数色彩各异的小圆点被整齐排列在画面上，这就是赫斯特著名的"圆点画"。这些画中的圆点直径最小一毫米，最大的有一米，走近这彩色圆点世界，观众很容易产生和谐愉悦的观感，画面轻松可爱又无害，这系列中的任何一幅画都是"好看"的。久久凝视圆点们，甚至会产生一种感觉：人会渐渐进入圆点画的节奏，与圆点"同频"，它们的和谐基调渐渐包裹了你的头脑，人与圆点世界的距离逐渐不清晰，你为了这愉悦王国的一部分。

事实上，赫斯特的工作人员每天生产着成百上千的圆点画，赫斯特从来不画，他只制定规则，比如：每个点之间的距离应与圆点本身直径一致；每个点的颜色都不相同；颜色的排布必须是随机的。正是这些严格的规则，确保了每幅画都实现了一致的和谐、积极、愉悦，没有任何丑陋和痛苦。

彩色圆点是无限的，这是一场无边无际的愉悦。这样的"完美"世界，不禁令人想起一部美国电影《复制娇妻》，主角搬入富人区后，发现目力所见的一切都完美无瑕，所有邻居家的主妇也都完美无瑕，她们装扮一样的风格，有一样的得体谈吐，每天过一样的精致生活，但真相是：她们早已都被丈夫改造成了机器人。

圆点画中的每一个彩点，不也正是如此吗？看似它们的色彩每个都不一样，但它们的灵魂是一模一样的，就是：没有灵魂。它们出现在画上的唯一目的，就是以仅有的表象和形式，来履行绝不出错的职责，干掉所有的未知焦虑，所见即所有，满足感官即一切。在完美无瑕的表象下，敏感的人会感受到一种更深层的恐怖，就如同那些娇妻无人性的完美，也如同观摩大型阅兵仪式时的感受。

与这些圆点画对应的，还有"圆盘画"系列，赫斯特在二楼向下倾倒颜料，落在不断旋转的圆盘上，颜料叠加，随机形成各种意想不到的视觉效果。随机的创作方式，令人想到格哈德·里希特的"刮画"。里希特一直承认自己是不相信上帝存在的，他认为一切都是随机，"偶然性"才是世界的真相。从他早期的"照片"系列中对记忆形象充满伤逝感的描绘，我们就能感受这种"人生无根蒂，飘如陌上尘"的观念。但即使抱持着这种观念，里希特依然专注于自己亲手探索每一次偶然的过程，真实体验每一次意外美感的降临。

而赫斯特在此观念上走得更远，他不投入任何一个当下，他追求的就是结果，他如安迪·沃霍尔一样基本不亲自创作，他只制定规则，验收多姿多彩的随机效果。确实没有上帝，他就是每一幅画面的上帝，这是一个看似无限可能，但不存在其他可能的世界，一切绚烂都需要符合无害标准，规则的转盘从不停下，炮制完美，源源不断。

这一切，多么像当今这个世界啊。打开手机，各式各样的娱乐等待着我们查阅，看似琳琅满目选择无限，但每一款都提供着程度相同的愉悦。快速浅层的刺激，让我们的情绪反复被廉价的情感填充，无论是惊艳、惊悚还是感动，都不过是安抚当下的填充物。

快乐有错吗？快乐没有错，但只满足于浅表的感官愉悦，生活将再也不复深层的意义，而我们更将失去获得真正幸福的能力。

赫斯特法门

达米恩·赫斯特是成功的，他的艺术沿着西方艺术史的发展发展而来，采撷了抽象表现主义的某种庄严、波普的大俗大雅思维、极简主义的现代语言等等，他的艺术在最初被成功商人查尔斯·萨奇赏识，也正是因其灵魂完美印合了时代"成功者"们的心声：厌弃死亡，避死求乐，在犯瘾和治疗中循环，在操控一切的幻觉中永生。赫斯特的作品总是毫无意外地被追逐时髦的新贵们买下，装饰他们精致的生活。而这，也是这个尊严渐失的媚俗时代的画像。

赫斯特是商业成功的艺术家典范，如果希求艺术在商业上更容易被市场接受，仅就作品而言有几点值得参考：

首先，让作品拥有令人过目不忘的能力。赫斯特曾说，最深层的恐惧就是观众从他的作品前走过，完全没有停留。我们能从他的成名作"大鲨鱼"中感觉这份被看见的期待，但惊世骇俗和哗众取宠的边界往往模糊，人们往往容易被他那镶满钻石的骷髅所震慑而忘了深入思考，在"表达"与"被看见"、我者与他者之间的平衡，才是最难的部分。

其次，美感的准确表达。准确，是一种极其考验修养的功夫，让作品呈现完全恰当的美感，是情感与理性最微妙的平衡。赫斯特的作品无一例外融入了西方式的科学精神，每个细节分寸都和谐而恰当，这是艺术家对极致的苛求，更有其深厚的美学修养。

最后，无法甚解的神秘。博伊斯曾说，如果艺术可以说得清楚，那就不值得被做出来，写成文字就好。艺术令人迷恋的，就是那言之不尽的艺术"味"，赫斯特作品中因终极问题而散发的神秘，让作品持续散发着某种能量，撩拨着人心深层的想象。

写在最后

今天，讨论达米恩·赫斯特的真正意义，是在当下这个时代，我们是否还能尊重死亡之真正意义，找回生命之真正尊严？

人的意志，因直面死亡而强健，人的生命，因超越欲望而崇高，人的尊严，因无惧痛苦而壮美。尼采早就说过，由于回避人生根本问题，现代人的生存仅仅浮在人生的表面，灵魂空虚，无家可归；到处蔓延着一种"可怕的世俗倾向"，一种"挤入别人盛宴的贪馋"，人们急切地追求尘世幸福，这"已经使整个社会直至于最底层腐败，社会因沸腾的欲望而惶惶不可终日"。而达米恩·赫斯特，成了日益轻浮的艺术世界中如鱼得水的王者，成了一尊提供欢愉的"伪神"。在伪神的世界中，人们被造价昂贵的作品征服（如贴满钻石的头骨），在愉悦的视觉审美中获得舒适，在众生皆为画中物的关系中享受权力；在伪神的世界里，真正崇高、深刻、悲怆的情感被驱逐，人的意志沦为不断寻求自慰的快感，循环往复，永无休止。

但请不要忘记，在伪神的世界之外，依然有着无惧死亡的真实世界，在那里，有真正抚慰灵魂的艺术，真正值得过的生活，远胜于金钱、快感和权力。愿，我们能勇敢地走向那里。

达米恩·赫斯特与作品《生者对死者无动于衷》，2010 年

达米恩·赫斯特,《欲望世界里的爱》, 1996 年

为何我们总是企图看懂艺术家在画什么？

当代艺术问题中，"艺术家画的是什么？"总是变成关键的第一个问题。但是当我们提出这个疑问时，不妨倒退一步想想，为何我们总是企图看懂艺术家在画什么？是什么样的认知，塑造了我们总是希望得到明确的标准答案，而这种渴望本身，究竟有没有问题？

答案在问题中

"当代艺术"这四个字，让很多人想到一个疯子形象，涂抹着不知所谓的画面，有的竟然还卖着匪夷所思的天价。正常人出于本能，心中也不免升起这念头：画的是啥？然后呢，咱也不知道，咱也不敢问。

写这篇文章，试图从反向的角度重新看待这个问题，不妨先停止追问，想一想到底为什么，我们总是怀揣这个企图，一种特别想要看懂艺术家在画什么的企图？回答这个问题之前，建议大家开始回想一下脑中最早的绘画视觉经验，也许是幼儿园墙面上贴的画片，也许是美术课老师教的范本，也许是一本本的小人书……这些视觉经验，有什么共性吗？——它们的画面，都是具象的，而且越往前的画面越具象。让我们再想一想，在逐渐长大的过程中，在围绕着日常作息的生活环境中，我们和"抽象""当代"这些令人费解的视觉经验，有过任何深刻的接触吗？

是的，这就是一开始那个问题的答案：为什么我们总是本能地想看懂画面"是什么"，因为我们成长过程中的美术视觉经验，都是具象而写实的，并且，美术教育也没有提供我们去理解抽象艺术的能力。

如果你和我一样，小时候没有自学过《西方二十世纪现代艺术史》，那么，我们所有的艺术知识、审美标准，都是来自"五四"以后被改造过的艺术标准，那

就是写实主义艺术观念。可以说，从我们起往上的三
代人，从小的审美都来自于此。所以，"画的是什么"，
成为艺术的基本认知框架，"栩栩如生"也成为很高的
标准。"画的是什么"就这样成为人们心中首要衡量艺
术的标准。

早慧的老灵魂

那我们往上三代以前，是什么样的呢？事实上，在被
"五四"改造以前的中国艺术，早已诞生了抽象的灵
魂。中国文明是一个早慧的老灵魂，早早就放下了对
物象的执着，走上了追求灵魂本质的道路。古人寄情
山水，从自然中感悟大道与智慧，将形象融入了自我
体验，化成情景交融的笔触。清代艺术家弘仁所作的
《黄山图册》中，艺术家对于远山的处理完全进入了心
灵的化境。与其说是赞美这些物象所蕴含的精神，倒
不如说是艺术家在创作的过程中，将自我向往的某种
精神境界，在主观化的描绘中实现了。而这些精神气
韵，只属于每个能接通、能感受这种审美的人。

中国古典绘画从来不求一比一的形似，如果在画中寻找细节，与现实进行比较，在中国古人看来是幼稚浅薄的，正所谓"绘画以形似，见于儿童邻"。古典绘画的精神核心是什么？就是以人的精神意识为主题，以画的题材为形式，使山川木石成为表现"性灵"的形式，不求形似，但性灵必须有深奥的意境寄托，即神似。中国追求主体精神意境，而西方追求客体的写实再现，这是"表现"与"再现"的观念性差别。中国古典绘画，从未将西方写实性的"摹仿再现"作为艺术目的，艺术家总是在追求如何更自由地表现人的精神，欣赏者也总是在画中寻找艺术家精神的线索。

这种抽象的、主观性的审美意识，是中国古典绘画的真谛所在。

"五四"的反向操作

不得不说，宋代以后的文人画，确实蕴含了宋以后知识分子的普遍避世、淡泊的心态，这种逃避是缺乏力

量的。淡泊，实质上是逃避战斗的借口，自我阉割了
人的欲望和发展可能。

一边是崇尚灵性的"轻"，一边是直面现实的"重"，
整个民族灵魂的天平，永远进行着"轻"与"重"的
平衡。当过于偏向于一头时，历史的发展必然会带来
一次纠正，当然，常态是矫枉过正。

这个矫正任务，落到了"五四"新文化革命的身上。1919
年，陈独秀提出"革王画的命"，康有为认为"中国近
世之画衰败极矣"，主张引进西方写实绘画。在美术观
点上，梁启超提倡"观察现实"，陈独秀认为"改良中
国画不能不采取洋画写实的精神"，徐悲鸿认为"画之
目的曰惟妙惟肖"，认为塞尚、马蒂斯和博纳尔现代主
义的作品是"卑鄙、昏聩、黑暗、堕落的无耻之作"。
这一反对，改变了中国整个近代艺术史的命运走向。

那么，这些"五四"旗手反对的，到底有没有道理呢？
他们看到的，是文人画中向内探索、远离外在现实的
层面，即所谓的"出世感"，在革命者看来这无疑是一

种消极的反动精神；而他们没看到的，是文人画中抽象精神与心灵的连接。艺术能超越对物象的依赖，走到一个如此深的境界，这是东方智慧的早慧，在当时全世界是绝无仅有的。事实上，当五四运动企图让中国画变得越来越写实的同时，西方传统写实主义却正在往心灵的抽象化前进，艺术家正在努力摆脱叙事和描绘现实，积极进入心灵接通色彩，灵魂接通笔触的抽象层次，如同时期的印象派、立体派、野兽派等等。也就是说，中国弃之如敝屣的，正是西方求之不得的。从艺术史的合理发展来说，"五四"为中国画带来的革命，无疑是一次反向操作。

审美与灵魂的关系

至此，中国画确立了写实主义的主流地位，文艺开始往"为政治服务"和"为大众服务"的方向发展，同时期的中国文学也引入了民间口白和欧式语言，形成了更通俗易懂的白话文。那么，为什么文人画的高贵精神内蕴没有被社会和艺术界普遍接受，反而徐悲鸿提倡的写实主义新国画成为了主流审美呢？

因为，历史不会根据艺术的格调高低来选择，只会选择哪个更顺应潮流的方向。对于当时的中国来说，急需的是带着热情去描绘现实、积极去战斗的入世精神，需要通过写实，来召唤一个宋元以后中国渐渐失去的入世精神。

但是，什么是人类真正的进步？是不断推翻旧制度，建立新政权吗？这到底是进步，还仅仅是变化？在我看来，真正的进步是不断地站在前人智慧上，产生新的智慧，一代一代不断积累传承，每一代都竭尽全力，攀登新的智慧巅峰。

从这个意义上来，从"五四"开始，中国人的艺术审美被一下子打回了前所未有的谷底。事实上，徐悲鸿的写实主义观点统治了中国艺术界整整 50 年！半个世纪来，功利化、政治化的审美倾向让人变得只能理解"可见之物""可用之物"，这种审美对精神品格的功利化影响，深入骨髓，至今还在牢牢控制着大多数中国人的灵魂。

从写实到"高于生活"

历史的残酷在于，每次你以为要到头的时候，其实才刚开始。继徐悲鸿的写实主义之后，中国艺术有了更匪夷所思的发展。1949年以后的艺术创作，被进一步牢牢控制在"革命现实主义"的手掌之中。而毛泽东就是革命现实主义创作的首要创立者。至此，艺术再也无法独立于政治而存在，成为了一个彻彻底底政治机器中的运行部件。

1937年，抗日战争全面爆发，拥有中国最多时髦文艺创作者的上海沦陷了。作家、艺术家、表演者、学生等为了追求自由思想，纷纷奔赴时下思想最先锋的前沿 —— 共产党根据地延安。因此，"新文艺运动"也从之前的上海转到了延安。

在延安初期，尚存的自由之风还在延安上空飘动。艾青在《了解作家，尊重作家》中说"将脓包写成蓓蕾的人，是最没出息的人——因为他们连看到自己丑陋的勇气也没有"；丁玲在《三八节有感》中抱怨，党所宣扬的男女平等事实上根本不存在；王实味在《野百合花》中说"艺术家应该是当地暴露污浊和黑暗，并把它们洗涤干净"。甚至王当年还提出了退党要求，认为"个人与党的功利主义之间的矛盾是无法解决的"。显然，这些观点都与毛泽东的文艺观相左，也正是因此，毛泽东发起了延安整风运动。

1942 年，毛泽东作了《在延安文艺座谈会上的讲话》，这个看似简单的讲话，深深影响了之后几十年的文艺创作，而其沁入中国人骨髓的价值观和审美观，直到今天都影响深重。讲话主要说了四点，其中最著名的是"源于生活，高于生活"理论，要求文艺创作从暴露黑暗面转向歌颂光明面。

是不是很熟悉？"艺术来源于生活，而高于生活"总是被中国人挂在嘴边，但再仔细品一品，"高于生活"

1995 年 10 月 7 日，北京，昆仑饭店，中国嘉德 95 秋季拍卖会

《毛主席去安源》卖出 605 万元人民币

2016 年 12 月 24 日，上海，"中国当代艺术收藏展系列"之
"余友涵"回顾展在当代艺术博物馆开幕

背离了"五四"提倡的写实主义，文艺创作者不能再如实反映现实，而是要主动回避现实阴暗面，开始美化和歌颂之路。

魔幻的"高大全"与"红光亮"

如果毛模式是一场大型的行为艺术，这场行为无疑是成功的，它的魔幻影响力改造了至少三代的灵魂。

1949 年的革命胜利，无疑是为"歌颂光明"这一方向打了强心针。而这一阶段的绘画被"年画"风格所统领，满目皆是人民"喜闻乐见"的吉祥喜庆画面，当时，这被称为"健康的美学观"。董希文 1951 年创作的《开国大典》成为"年画风油画"的鼻祖，在这幅画中我们可以看到装饰性的色彩、喜庆的情调，无疑是中国式油画的成功典范。

事实上自新中国成立以来，毛泽东持续不断地对文艺创作者进行改造与清洗。1955 年，文艺界开始批判作家胡风的艺术观。他的观点是什么呢？他在《对文艺问题的意见》和《三十万言书》中指出："强迫作家在写作之前具有完整无缺的共产主义世界观，只写重大题材，光明的东西，就使得作家什么都不敢写，写了就是通体光明，也就是通体虚伪的东西。"针对此观点，毛泽东亲自为《人民日报》写了编者按，将胡风和相关的一批文艺作者打成了"反革命集团"，他们全部遭到了清洗和逮捕。

1956 年，秦兆阳在《不要在人民的疾苦面前闭上眼睛》中说得很尖锐："没胆量去抨击一切畸形和病态的黑暗的东西，还算得上什么艺术家呢？"毛泽东在 1957 年掀起了规模更大的"反右派运动"，秦被打成了大右派，在文坛消失了 22 年。1958–1960 年的"大跃进"失败，令文艺创作者开始了反思，邓拓为首以"三家村"笔名写了一系列借古讽今的文章形成了不小的声势，也遭到了更严酷的镇压。1968 年，《文汇报》发表了《让文艺舞台永远成为宣传毛泽东思想的阵地》，江青提出了"三突出"原则，毛泽东成为文艺作品中必须歌颂的中心人物。

至此，"高大全"成为毛模式中的主要特征。

"文革"十年，千千万万人相信"太阳最红，毛主席最亲"。人们像对待上帝一样狂热地崇拜毛泽东，这种宗教般的迷信竟然中国化地沉浸在一种过大年般的喜庆气氛中，全国各地不断庆祝各种胜利，遍地红旗，遍地歌声，所有城市沉浸在红色的海洋中。这就是"红光亮"的"文革"艺术特征，也是毛个人最成功、最强大的艺术作品。

写在最后

从"五四"的写实，到延安的高于现实，再到"文革"的造神运动。走了这么远，再想想与中国古典文人画的精神，已经遥远得如同隔着一个光年。

回顾了那么多，除了通过将一捋近代中国文艺发展史来寻找中国人总是想看懂画的原因，我也发现，站在人性这边的自由思想从来没有消失过，但与之对应的强权也愈演愈烈，这除了带来毁灭更带来了恐惧，这种恐惧如病毒般在一代一代间无症状传递，让人在自由的念头起来之前，就可以自动进行掐灭，这，才是最彻底的思想改造。

所以，有些眼睛只能看见具象的外表，看不见抽象的灵魂；有些心灵只相信可见的现实，不信任隐藏的精神；有些双手只会抓取生存的物质，无法创造高贵的智慧。从物质到精神，从显性到隐性，从已知到未知，这才是一条人类灵魂的进化之路。

回到我们最初要解决的问题，如果还希望在艺术中得到物化的解释，这是一种仅停留在物象表面、拒绝向内探索的审美惰性。可以试试这样：当遇见未知时不要问"画的是什么？"，当灵魂被触动时，不要只分析眼睛看到了什么，有些东西，才有活过来的可能。

谁是真正的艺术家？

"艺术家"，一个已被滥用的词。

在采访或广告中，插画师、商业设计师、装饰画作者都被称为"艺术家"，各领域也都有"艺术"：爱的艺术，语言的艺术，烹饪的艺术。在越来越多被称为"艺术"和"艺术家"的对象中，是否有一些显而易见的混淆？看起来，创作者们用着一样的颜料，做着一样的事情，但结果却截然不同：是为了取悦客户的订件，还是为了表达灵魂面貌的创作？约瑟夫·博伊斯说"人人都是艺术家"，而不是"人人都应该叫自己艺术家"。其中的区别是，艺术是心灵的行动，是忘我的过程，而不是功利的目的。人人都可以运用创造力投入生活，而不是将"艺术家"作为装饰戴在头上，作为身份的象征。

马克·罗斯科说，混淆艺术和"看起来像艺术的东西"，就像将两者区分开一样是一件永恒的工作。为什么有些东西会看起来像艺术？源于一个我们对于艺术的误解：美。

事实上，"看起来像艺术"的东西常常比艺术更"美"，而这种"美"恰恰成为深入艺术的障碍。技术，这个容易让人坠入的陷阱，时刻诱惑着创作者，对于技术的操控甚至发明给人成就感，精湛技术往往很"美"，在瞬间征服感官，这更容易带来立竿见影的大众认可。我们完全可以相信，大师的模仿者可以画得比大师更"美"，但他们在创作时运用的是什么呢？是技术，是知识，可即使拥有再多的知识，他们也无法描绘出一笔自己灵魂的模样。

艺术，是可以不完美的，就和真正流动的生命一样。我们在树的姿态中享受自然，而不会批判它长得不够对称，但对于我们购买的消费品而言，任何瑕疵都不会被允许。生命总是不完美的，人也会犯错，但 AI 人工智能从来不会。这是两条截然不同的路，甚至艺术家在创作过程中也时刻面临着考验：是否要再多一点技巧？一旦内心能量虚弱，"技巧"就成了最好的掩饰，它是一层金光闪闪的包装，遮蔽了思想的匮乏，遮蔽了热情的冷却，遮蔽了灵魂日渐空洞的真相。

这并不是反技术，我们需要认清一个事实：艺术需要技术，但仅有技术并不能实现艺术。在真正的艺术中，技术是看似无形的，实则却又如空气般无处不在，此时的技术早已消融进了艺术家的生命，艺术成了"心"与"法"结合后诞生的新生命。

该如何判断我看到的是艺术，而不是"像艺术的东西"呢？

当我们看到一个作品，无论它是商业艺术还是纯艺术，请先放下"物理解析"的渴望——这幅画用了什么材料？师承哪门哪派？在艺术史上的坐标在哪里？如今，这样的问题充斥于各类艺术评论和学术讨论，但它们只会让我们陷入技术和方法的探讨，却离艺术的本质越来越远。因为，艺术的理解从来不仅是方式，而是关于目的和动机。

艺术家为何这样表达？艺术家为何非这样表达不可？我们需要抛弃对方法的依赖，而是追问艺术家的真正动机。唯有动机，才有可能让我们深入一个灵魂的深处，将我们引向对艺术的真正理解。有趣的是，这些问题也只对真正的艺术有效，对于"像艺术的东西"而言，这些问题都有一个趋同的答案：为了满足感官需求，为了买家和市场。

如今，"像艺术的东西"与"像艺术家的人"普遍拥有更漂亮的宣传语、更强大的市场能力，如何才能消弭这些影响，去欣赏真正的艺术？这是一种去伪存真的能力，而这种能力建立在一件看似简单，却越来越不简单的事上——找回你自己的感觉。

什么叫找回自己的感觉？就如已吃惯了火锅烧烤的舌头，是否还能重新品尝出白米饭的甘甜？"感觉"是连接真实的，这是原本赋予每个人的礼物，可感觉会在强烈刺激中麻木，会在意志颓废时迷失，会在金钱与权力的标准下改变。当失去感觉时，那些漂亮的宣传话，"引人注目"的视觉效果，人云亦云的潮流，便会让我们离真正的艺术和本质越来越远。

一个必须知道的真相是：任何文字或词语都不可能复制出一个作品的全部意义。正如博伊斯所说："如果艺术可以用文字表达清楚，那写出来就好了，为何还要做出来？"我们也许可以用化学分子式描述关于"甜"的知识，但只有舌头尝到糖的那一刻，才能明白"甜"的真相。艺术亦如此，它能以纯粹物质的形式，来传递纯粹的精神，而让这一切发生的载体，就是我们的肉身。是的，艺术是一个直接作用于肉身和感官之上的奇迹，它是当下的，直接的，无遮蔽的。当我们在邂逅一幅画的瞬间，无须任何解释，却能感觉灵魂的某个角落被无声地抚慰，仿佛一束新光照进了生命。那一刻，一些感觉正在苏醒。

在一个以假为真的时代，"真品"成了稀有之物。可是，再高明的鉴别工具也无法保障万无一失，也许，唯有屏蔽外在声音、放下杂念干扰的那一刻，我们才能找到真相和答案。

想认出真正的艺术家,请先保护好一些"真"的东西。

唯有真,才能与真相遇。

1982 年，安迪·沃霍尔与约瑟夫·博伊斯合照

1960 年，马克·罗斯科站在自己的作品《第七号》前

金钱与艺术：谁是真坚固？

今天，这像一个不合时宜的话题。

时间回到 90 年前，1930 年代的上海，鲁迅抨击梁实秋为"资本家走狗"，双方为这一骂名争论了 8 年，在激烈的批判中用 100 多篇文章不断推进价值观的革命。但在今天的中国大地上，"资本"与"资本家"不再是骂名，各行各业已习惯用"有钱 = 成功""穷 = 失败"的粗暴标准来衡量任何一个人的价值。

实用主义的标准出现在商业中并不意外，而本应为世界提供更深刻价值观的艺术，也在钱权组合拳中沦陷了几十年，人们将拍卖出高价的艺术家尊为大师，而忽视其作品中日益僵化而枯竭的创造力；一些早期批判资本的艺术家，用几十年时间完成了"批判–顺从–

共舞"的转变，更以成功者的姿态为资本站台，引领着跃跃欲试的新艺术家们奔赴资本怀抱。

"资本家的走狗"听起来刺耳，但中间隐藏着一个令不少人"艳羡"的事实：这是已被资本豢养的有主走狗，过着衣食无缺的优越生活。而今天更不堪的事实是什么呢？众人不仅不以走狗为耻，还纷纷争抢着走狗的名额，希望得到主人的认领。一些尚没有得到资本垂青的艺术家，还没有得到名分，却已染上了走狗的习气，用鲁迅的话来说，就是"饿的精瘦，成了没人要的野狗。却习惯见了穷人就叫，见了资本家就摇尾巴"。

所以，这又是一个特别合时宜的话题。今天，讨论金钱与艺术的关系显得比任何时刻都必要。不知从何时开始，谈论理想变得唐突而可笑，人们只愿相信可见、可数据化的资本；但如果坚不可摧的资本开始变得脆弱、朝不保夕，当艺术与商品的区别越来越模糊，只能提供快感，不再赋予人慰藉，什么才能让灵魂真正得到庇护？热潮终将退去，萧瑟中的冷静反省才能重新接近真实，让我们重新思考这个最本质的话题：是否相信在金钱与权力之外，存在更坚固之物？

艺术家可以想赚钱吗？

1946 年，《一九八四》的作者乔治·奥威尔回答记者提问：你认为作家需要多少钱才能维持生活？他给出了一个精确答案：一年 1000 英镑。这是 20 世纪 40 年代英国中产阶级的收入标准，因为"有这笔收入，他可以生活得相当舒服，不必借债，也不必受人雇用写作，而又没有自己已升入特权阶级的感觉"。

如奥威尔的精准需求，不逃避、积极认可金钱需求，能让艺术家的肉身稳定存世，是持续创作的重要力量。那么如果"艺术家想赚钱"的念头会引发问题，问题出在哪里？ ——那就是为了赚钱，艺术家应该付出什么，又应该坚守什么？

关于这道题，马克·罗斯科给艺术家做了一个难以企及的示范：1958 年，位于纽约西格拉姆大厦中的四季酒店需要一组壁画，邀请了正处于事业上升期的罗斯科进行创作，报酬为 35000 美元，相当于今天的 2500000 美元。罗斯科接受了这个工作，但竟然不是为了赚钱，而是为了进入攻击资本的新战场：他希望艺术进入这些"上等人"的生活环境，对他们的灵魂予以震慑。但当他决定先去餐厅体验一番后，罗斯科绝望了："上等人"只顾享受着精致的餐食，甚至没有人会认真看一眼墙上挂了什么。于是，罗斯科决定拒绝订单，拒绝艺术沦为资本的装潢。但他完成了工作，并将作品捐赠给泰特美术馆，成为美术馆中至今最引人冥想的圣殿。

巨款当前，今天是否还会有人如罗斯科一般决绝，坚定站在捍卫艺术尊严这一边？残忍的事实是：当资本第一次企图凌驾艺术之上，如果那一刻艺术家没有警觉，并予以了配合，这将是一个难以逆转的开始。原则会因害怕失去利益而不断妥协，底线会因依附资本而不断退让，直到完全交付灵魂，沉浸在越来越难放下的名利中，难寻归途。

乔治·奥威尔建议生计艰难的创作者兼职，但不应是"半创作"性质的工作，比如广告。因为这类工作会消耗大量创作精力，让真正的创作难以为继。在奥威尔这样的严肃创作者看来，在精力上的付出尚且如此珍贵，何况最为重要的尊严？

所以，艺术家可以想赚钱吗？当然可以。但艺术家的赚钱有着区别于任何行业的高底线，就是不以损害艺术为前提，并将艺术尊严置于世间任何诱惑之上。为何艺术家要如此严苛地要求自己？因为艺术是最诚实的灵魂痕迹，任何动摇、妥协，乃至堕落，都会无一例外地显化在作品之中，当一些成功者的作品变得轻浮无力，正是因为他们已在舒适的诱惑中停留太久，作为交易的代价，渐渐丧失了向内深入思考的能力。捷径需要付出代价，如果代价是艺术本身，便是艺术家最大的悲剧。

杨卫,《中国人民很行》, 1996 年

2019 年，杰夫·昆斯 1986 年创作的不锈钢《兔子》雕塑品
以 9107.5 万美元的高价售出，刷新在世艺术家作品纪录

艺术家的永恒困境

这个永恒困境，只出现在真正严肃的创作者之中。那就是：世界很难同步理解自己。

但是，无法让世界理解的都是严肃创作吗？显然不是，将观念清晰表达是一种需要不断精进的能力，而有些创作（包括展览前言）在故意制造理解障碍，这是一种贡高的傲慢，或表达能力本身的匮乏。真诚的艺术家从不会故意制造误解，反之在每一次表达中，竭尽最大努力精确捕捉、整合、提炼，并将之最终显化。可为何即便如此，世界依然无法理解一些有价值的艺术？

当塞尚的知音——策展人罗杰·弗莱举办了以塞尚为主角的后印象派展览时，大众首次看到了那些笔触笨拙、造型朴重的画作，大众困惑，甚至愤怒，斥责塞尚是"永远完成不了画作的笨蛋"，而弗莱则是"诈骗犯"。一百多年后，塞尚从"笨蛋"成为"大师"。为何他的艺术无法在当时就获得观众共鸣？事实上，真正的艺术与装饰不同，艺术的目的是表达和推动发展，而装饰的作用就是修饰美化，在美化的效果中，我们更容易获得愉悦的体验。虽然真正的艺术也可以呈现愉悦的效果，但它从不以愉悦为己任，它指向了一种责任，而不是提供乐趣。真正的艺术促使时代向前推进，更新人类的精神进程，在这种变革中，艺术家以先知般的直觉，将人类可以抵达的下一个精神维度，提前放置到了世界眼前，哪怕泥沙俱下、令人不安。

艺术带给大众在理解上的困境，很大程度上造成了艺术家在金钱上的困境。商业的成立在于交换，而误解令交换充满障碍，金钱如水一般只会流向最畅通无阻的河道，当阻塞发生，不具备销售才能、社交天赋、说不出谎言的艺术家，如果不愿根据流行品味修改自己的艺术，就必须接受在金钱和名声上不尽如人意的宿命。

困境令艺术家的肉身受苦，但这种苦难经过崇高心灵的转化，却可能令艺术受益。"一艘船只有在舱内放上足够多的重物，才能防止随波逐流，成为风的玩物。"
这个比喻，来自叔本华用以释怀自己的《作为意志与
表象的世界》不被世界接纳的三十多年，他认为"不
是我配不上这个时代，是这个时代配不上我"。这三十
多年来的压抑虽然令叔本华痛苦，却也赋予了他更独
立和深邃的思考，他得以潜入最残酷的人性深处，获
得真相和智慧，没有成为"风的玩物"。

也许，我们永远无法感同身受身处困境中的严肃创作
者，需要承受怎样的痛苦。但我们依然可以对这样的
人抱有敬意，正因为他们的存在，让这个世界不是只
有遍地的乐趣，还有责任的力量；不是只有玩赏的品
味，还有洞见的真理；不是只有荒芜生命的消遣，更
有人肩负着探索的使命。

成为艺术家的勇气

选择真实，是通往真理之路，也是通往艰险之路。

"而往往在他感觉幸福的时刻，脸上却必须挂着悲痛的神情，并且一旦他隐藏自己更加卓越的想法，他就必会受到至高无上的人们的愚蠢的大声赞扬，还要不得不赞同那些蠢货们的错误，以说谎的唇舌来赞同。"

这是纪念米开朗琪罗的一首挽歌，我们很难想象，大部分时间受到教皇和国王支持的大师也需要"说谎的唇舌"让伟大作品诞生。但较幸运的是，米开朗琪罗需要应付的压力相对单一，他需要做的修改常常是在宗教和道德的胁迫下为裸体形象穿上一条恰当的裤子，但今天艺术家需要应付的压力已变得多元而变幻莫测，面对着一个不断变幻的权力结构，与寻求独立意志的个体之间的常置矛盾。

资本已在各个领域建立普遍性，因希望作品顺利被市场接纳，艺术家的生存能力中新增了许多技能：在社交媒体上建立起成功人设，面对潜在藏家的表演能力，令人折服的口才，对自我原则前后不一致的包容。每一项都足以令人在任何行业建立声望。可是，为什么当初非要当艺术家不可呢？如果只是希望成为人人眼中的"艺术家"，而非为了给灵魂中那些无法压制、必须表达之物找到出口，那么恭喜，你会更容易熟练掌握上述的"成功"能力——毕竟当人开始远离内心真实时，伪装、掩饰和逃避成了唯一可选的生活方式。

奥威尔这样评价自己："我发现在我缺乏政治目的的时候写的书毫无例外地总是没有生命力的，结果写出来的是华而不实的空洞文章，尽是没有意义的句子、辞藻的堆砌和通篇的假话。"——奥威尔感受到了创作力量的真正来源。无论是他所说的"政治目的"，抑或某种明确而坚定的立场，这都指向了对于艺术家最重要的核心力量：真实。为什么当下越来越多的艺术充斥着无病呻吟和媚俗的花样？正是源自内在"真实"驱动力的丧失，当我们与真实的困境、真实的体验、真实的矛盾日渐失联，剩下的唯有舔舐浅表的感官愉悦，或将精力投掷于脑力游戏中获取虚妄的智力优越感。

如果，用久违的"良知"作为标准来衡量艺术，那么艺术的良知就是艺术的真实。当敏锐感知到潮流开始偏离真实，谁是负责提醒的那个人？当资本和权力需要创作者充当捧哏，谁是坚守原则提出反对的那个人？当生存的压力将人逼到墙角，谁又是在绝望中依然能不改初衷的那个人？无他，那个人就是以"真实"作为唯一标准的人。

艺术家最重要的选择，就是是否站在真实这边，对良知负有责任。"真实"意味着超越物质性的诱惑、超越感官性的情绪，乃至超越道德性的所谓正义，"真实"只与不增不减的本质相连，智慧与力量亦来自于此。如果艺术家无法成为世界上最应保持"真实"的那个人，那世界将会丧失最后的反抗阵营。

写在最后

今天，做一个真正的艺术家比任何时代都不容易。

今天，令人屈服的强权早已不是霸凌式的压迫，而是金钱与权力许你的一个甜蜜未来，谁人能抗拒不去做那样的成功美梦，谁人又能甘于守贫不生郁郁之心？

所以，在今天做一个真正艺术家的能力，在于如何较为轻视当下对于肉身的回报，而更为重视对于真实所抱有的责任和良知。这是一个在世人看来非常残忍的要求，而事实是，真正有价值的事物必然会产生各种形式上的价值，中间必然包含了金钱，但抵达价值的路径却必须先放下金钱才能启程。这是一个悖论，又像一种了悟本质后的修行。

世人常指责艺术家带有知识分子式的清高与偏激，但正是对于金钱与权力的傲慢，才能保护好某些更有价值的东西。如果失去了超越金钱与权力的可能，我们如何从即将被验证无效的价值观中清醒过来？如何在信仰失落的时代重建责任与使命？又如何在不断翻新的感官花样中，依然敢于去相信不变的永恒？

所以，尊重真正的艺术与艺术家，保护好这没有可能中的最后可能。

NFT 更迭了艺术，还是欲望？

世界的魔幻往往超出想象。

在佳士得将 5000 张像素画打包拍卖出 6000 万美元之前，传统艺术家对"NFT"（非同质化代币）基本一无所知。经过媒体、科技狂热者、投机者们的轮番宣传，人们逐渐对"NFT 加密艺术"有了模糊印象：高科技，金融，与传统艺术截然不同。但头戴天价光环，急需飞升的 NFT 加密艺术，已对改写艺术史充满了信心，且没有太多耐心等待来自传统艺术的加冕。

在追捧加密艺术的文章中，杜尚、克莱因和博伊斯的名字被反复提及。拥趸者认为 NFT 加密艺术正在做的与这些大师一样，改写着人类艺术史 —— 如果，你觉得加密艺术不是艺术，那请参考杜尚的小便池，当时的石破天惊重新定义了艺术，到了屏幕时代，艺术自然也会有新的定义；如果，你不明白为何买下了虚拟NFT作品，却似乎什么也没买到，买了个寂寞，那请参考伊夫·克莱因作品中的"空性"，思考一下形而上的奥妙；如果，你只看到了NFT的金融属性，那远远不够，要明白"去中心化"才是NFT精神，正如博伊斯说过的"人人都是艺术家"，拥抱NFT就是拥抱了一个平权的革命时代。

那么，这些都是真的吗？让我们从这三位艺术家开始，看看究竟是对NFT艺术的褒奖言过其实，还是传统艺术的局限性蒙蔽了我们的双眼。

杜尚：不是所有"小便池"都是艺术

如果问艺术是什么，我们的目光总会落向杜尚的小便池。这神奇的小便池如法器一般，总能赋予那些"这是艺术吗？"的疑问合理的信心——既然小便池也可以是艺术，那凭什么我的作品就不是？

可是，并不是所有的"小便池"都是艺术。杜尚的小便池，是一次对当时传统艺术界说的"No"，杜尚的叛逆是坚定的，出手时却举重若轻，但这份"轻"的自由，没有与之呼应的"重"的制衡，没有划出"艺术不是什么"的边界，将后世追随者引入了一个万物皆可是艺术的世界，直到来到了加密艺术面前。

该如何看加密艺术的艺术性？首先需要明确，"加密艺术"并不是定义一个横空出世的新艺术，加密艺术的本质，是数字艺术的加密化。在 NFT 诞生之前，如果一张电子图片有一万张副本，我们根本无法辨识哪张是最初版本，它们在属性上没有任何区别。但 NFT 的出现改变了这一切，它让任何一张电子图片都有了唯一标识凭证，且永不可更改，也就意味着如果作者做了一万张一摸一样的电子图片，只要将它们都铸币为 NFT，它们就是一万张身份不一样的作品，它们被逐一"加密"了。正是这种加密性对版权的确保，让收藏数字艺术作品，第一次在理论上变成了可能。

但本质上，NFT 是艺术之外的技术，与艺术内容无关。NFT 就像一张身份 ID，赋予数字作品独一无二的身份保证。如果我们围绕着"加密"特征讨论它是不是艺术，就像讨论看身份证是否能判断人好坏一样荒谬。因为人的好坏，从来不是靠看身份证来决定的，而是看人本身；同样地，作品是不是艺术，不是通过有没有"加密"来决定的，而是看作品本身。

也就是说，加密的数字艺术，本质还是数字艺术。数字艺术有着怎样的特征呢？虚拟世界中的数字艺术，有着浓浓的"社交基因"，请看几个有意思的魔幻事件：

1. "神烦狗"事件：2013 年 8 月，一只柴犬的表情包毫无预兆地刷爆了国外贴吧，名为"神烦狗"。同一年，以神烦狗为 logo 的虚拟数字货币——"狗狗币"诞生，在 2018 年年初时突破了 20 亿美元市值。

2. "佩佩蛙"事件：2009 年到 2014 年，一只奇丑无比的青蛙成为表情包界的宠儿，它就是佩佩蛙。2016 年，佩佩蛙被设计成卡牌出现在区块链交易中，2018 年，最贵的一张佩佩蛙卡牌拍出了 39000 美元。

3. "朋克头"事件：2017 年，朋克文化爱好者 John Watkinson 设计了一万个朋克风像素头像，他和合伙人修改了原有的虚拟货币协议，让每个朋克头在属性上独一无二——第一个 NFT 项目出现了。至今，最贵的一个朋克头被炒到了 100ETH（约为 146000 人民币）。相信传统艺术从业者看完这三个魔幻事件，都有匪夷所思之感：PS 图像、动画、像素画，怎么就卖出了天价？在这些魔幻事件中，都触及了一个现象——"meme"。什么是"meme"？也就是网红事件，指那些如病毒般瞬间在网络上爆发的流行元素，往往自带娱乐属性，比如一个段子，一个表情包，一个名场面。

我们需要认清的是——meme 就是 meme，meme 不是艺术。网红事件有一种魔力，让大众瞬间自发投入到同一种节奏中，热情高昂地集体 P 图、玩梗。如果尼采说的悲剧之美，来自感受到人类命运共同体时的"同体大悲"，那么今日的 meme，让人们在与陌生人集体玩梗的过程中找到群体归属感，在瞬间释放压力，获得强烈却短暂的愉悦，沉浸一场"无脑之乐"的狂欢盛宴。

网红表情包能卖出天价，显现着年轻流行文化超乎想象的力量。在虚拟社交成为常态的今天，年轻人的精神图腾不断更新，曾经的崇高被不断解构乃至调侃，一个最能引发共鸣的玩笑，就能获得最大流量的涌入。在虚拟世界中，流量所在之处即是资本要去的地方，于是，看似荒谬的"玩笑 + 天价"组合便诞生了。

虽然带有网红社交属性的表情包不是艺术，但数字图像很早就参与到了艺术创作中。从 1960 年代白南准的"电视机艺术"开始，艺术家敏锐地感知到了数字世界与现实的关系——数字世界反射着现实世界，它不仅是一面镜子，更像一个潘多拉魔盒，盛满了浓缩的欲望与欢乐。

在白南准看来，数字艺术的最微妙之处，乃是一种位于真实与虚幻之间的"制衡"力量。他说："我们的生活是一半自然，一半技术。如果你只关注科技，就会爆发战争，我们必须拥有强大的人文元素，保持谦虚和自然的生活态度。"所以，真正有价值的数字艺术，不应让人们远离真实，而是思考虚拟与真实如何和谐共存；不应让人们隔绝自然，而是愈加珍视自然，从中获得对生命的滋养。

虚拟世界中的集体狂欢纵然畅快，却无法摆脱关机后的孤独；快感越猛烈，越让人走向无法摆脱的上瘾漩涡。如果杜尚知道在小便池之后，艺术中的一切禁忌和限制几乎都被砸碎，人们越来越分不清艺术和娱乐、艺术与潮流的区别，纷纷在屏幕前欲罢不能，不知是否会觉得自己少做了些什么？

请记住：艺术不是娱乐，而是思考；艺术不是快感，而是慰藉；艺术不是工具，而是灯塔。

克莱因：色不异空，你要色还是空？

站在虚拟和现实的分水岭，你选哪一边？达米恩·赫斯特用艺术逼迫众人回答这个问题：2021 年，他发布了首个 NFT 艺术作品《货币》，他创作了一万张"赫斯特货币"，并同步生成了一万张 NFT 版本，收藏者必须二选一 —— 选真实作品的要销毁 NFT 版本，选 NFT 版本的要销毁真实作品。赫斯特直击了人类建立价值感的基础：信任。因为相信，一切才变得有价值。

对传统藏家而言，该如何相信一张数字作品真正被我收藏了呢？难道我收藏之后别人就看不到了吗？答案是，不，所有人都看得到。就如藏家花 6000 万美金买下 Beeple 的《每一天：前 5000 天》，但我们依然可以在任何屏幕上欣赏 5000 天中的任何一天，画质无差 —— 更多疑问要冒出来了：如果任何人都能欣赏和我一样的画面，那是不是收藏了一场空？

NFT 的诞生，就是希望渐渐让人们放下这个疑问，接受新概念：虚拟的拥有权也是拥有权，并不"空"，它与实有物体的拥有权相同。打一个比喻，如果在现实生活中拥有一架飞机，并将其 NFT 化，哪怕销毁了真飞机，买了 NFT 飞机的买家也不会有任何损失，它自从成为 NFT 的那一刻，就拥有独立的生命和价值，不受任何现实层面的影响。必须承认，当下接受这个概念需要过程。加密艺术追随者举出了伊夫·克莱因的例子，希望借此来说明"空"的意义。那么让我们来看看，克莱因的"空"与 NFT 的"空"是否相同。克莱因除了"克莱因蓝"之外，更显著的思考就是对"空"的迷恋。他从二楼纵身跃下，这个行为名为《坠入虚空》；他举办了一场四壁白墙，什么都没有的"空"展览，加缪留言"唯有空无，见其力量"；他将 1001 个蓝色气球放飞于天际，名为《最初的浮动雕塑》；更激进的是，他成功售出了一个什么都没有的作品，原计划中，藏家得不到任何实体收藏，而艺术家将报酬全部销毁，但因藏家强烈要求留下一张收据，克莱因就将作为报酬的金叶一半扔进了塞纳河。

在这些围绕着"空"的作品中，对"物"的拥有感被消解，对"有"的抓取感被释放，克莱因充满了一种"放下"和"打开"的渴望：放下对固有之物的执着，全然地打开灵魂，拥抱如虚空般无极限的可能。奇妙的是，当敢于放下的那一刻，竟发现"空"是如此丰盈，如此取之不尽。

2018 年，Banksy 作品《手持气球的女孩》在被拍卖出的那一刻
自动碎纸，作品价值却因为这一出好戏再次升值

2021 年，北京，世界上首批区块链艺术实体博物馆展览之一
《虚拟利基：你在镜子里见过模因吗？》开幕

NFT 做的看似与克莱因相似，都是在"空无之物"上做文章，但究其本质却南辕北辙——如果克莱因是"看空万物"，希望人们放下对万物的执着，那 NFT 是希望人们转移对物质的执着，而是"以空为物"，将对物的执着转移到空上，建立新领域的执着；如果克莱因是将"空"视为无限，将一切可能交付于无限，顺流而合一，那么 NFT 是将"空"视为资产，为我所用，一切变化都需在控制和把握之中。

这样的比较也许并不公平，因为 NFT 的诞生就带着金融交易属性。而这，正是我们需要清醒认识到的一点：无论加密艺术热潮如何炽热，资本和金融才是第一位的属性，而艺术，也许是资本选择最合适的一位站台演员。

NFT 的出现，让人类的占有欲扩大了疆界，从物质扩大到了非物质的领域。但就算没有 NFT，随着人类社会的发展，也会出现其他技术让人类走到这一步，因为我们已经来到了真正"色不异空"的时代，真实和虚拟的边界日益模糊，"实用"早已不再是第一位的需求，养虚拟宠物，谈一场虚拟的恋爱，人们从琳琅满目的虚拟体验中获得慰藉，实体的真假早已不再是最重要的问题，我们只为感官体验是否满足而买单。

NFT，像一艘开往虚拟世界的五月花号，进入了一片等待开拓的处女地。弄潮儿们摩拳擦掌，希望能在新疆界上占领更多，获得更多。也许疆界不一样，但人们的欲望、爱恨并不会因为切换到了虚拟世界而有所改变，甚至更为自由无忌，现实世界的一切都将在此重演。

一旦进入游戏，就注定无法放下。但除了游戏规则之外，人类心中永远存在飞升的渴望，就像克莱因放向天际的那些蓝色气球，让自我消融于无限之中，而这，是真正艺术的方向。

博伊斯：人人都能创造的，是艺术吗？

如果有人告诉你，有这样一个世界，绝对平等，人与人之间充满信任，没有凌驾一切之上的强权。这是不存在的乌托邦吗？事实上，在虚拟世界中，一切正在发生——区块链，以太坊，NFT，这些看似冰冷无情的词汇，本是为了建造这样的乌托邦而生。

如果以往的网络生态是树状的，从主干中派生出各类旁系，那区块链的生态就是网状的，没有唯一的中心点，每个节点都可以成为中心。19 岁的天才少年杰弗里·维尔克在 2013 年受比特币启发，建造了更为开放自由的以太坊，在这里，人们可以不经过权威的第三方，建构一个人人平等、透明又兼顾隐私的金融秩序，这是一个没有任何欺诈、审查、第三方监管的乌托邦。而这，也是 NFT 诞生进一步强化的精神，无须通过任何外力证明及保护个人资产，让资产与创造力自由流通。

在力倡平等的虚拟世界中，数字创意呈现出更为开放自由的生态，如踏上处女地般百无禁忌：2005 年，一个英国学生创立了名为"The Million Dollar Homepage（百万美元主页）"网站，有一百万个像素点，支付一美元即可在一个像素上放任意信息，网站意外蹿红，一百万个广告位全部卖出。

数字艺术的虚拟性，也似乎更能帮助人们触及梦想：艺术家 Micah Johnson 以两个黑人小孩为原型，在作品《「sä-v(e-)ren-tē」》中让他们在虚拟世界中与梦想成功的宇航员面对面，中间隔着一扇"希望之门"，每年孩子生日时，门会慢慢打开，观赏者可以向两位孩子捐助大学基金，助力他们的宇航员梦想。

而博伊斯说"人人都是艺术家"的时代，似乎也已经到来：First Supper 是可编程加密艺术的里程碑作品，由 13 位加密艺术家共同创作，画面中的各种细节效果可变，购买者可以决定选择哪一种效果，真正参与到艺术效果中来，据说所有效果总计 313 亿种可能。

最美妙的，莫过于NFT精神中"让艺术家先富起来"的梦想。由于NFT交易无须通过任何第三方机构却拥有版权保障，作品销售从此不再需要艺术机构参与，艺术家可以直接面对市场出售作品。画廊、美术馆、策展人等一系列中间人依赖的信息不透明性将被瓦解。这些将权力和创造力归还于人民的游戏规则，似乎在形成一场虚拟世界的"平权运动"。在最美好的设想中，不久的未来，人们可以在平行于真实世界的元宇宙（Metaverse）中建立梦想家园，获得一切无异于真实的体验，没有门槛，且不受任何强权控制。梦想听起来如此诱人，我们是否要敞开胸怀拥抱这个虚拟的未来？

我们且来看看博伊斯是怎么想的——他是一位传教士般的艺术家，他深信艺术可以改造世界，且身体力行地将这个信念向世界传播。他倡导每种下一棵橡树，便从美术馆门口移除一块玄武石，让人真切感受到可以通过行为，让世界向美好前进一点点；他又像一位通灵的萨满，与狼共处，与死去的兔子沟通，并从油脂、蜜蜡、自然万物中获得力量。这就是博伊斯，他认为艺术是一种纽带，能重建人与万物的亲密与合一，且每个人身上都具有这种自然性、向善性，而这才是他说"人人都是艺术家"的真实含义。

人人都是艺术家，并不仅仅意味着人人都可以创造，更是指向了人人都可以创造出"美好"，通过艺术让真实世界更为和谐美好，才是博伊斯强调的重点。博伊斯曾说过："艺术要生存下去，只有向上和神和天使，向下和动物和土地联结为一体时，才可能有出路。"所以，如果现在问博伊斯，对虚拟世界中的艺术怎么看？相信他一定会给出这样的忠告：别忘了，与自然连接，与真实连接。

如果失去了与真实的连接，我们可以在虚拟宠物的买卖中获利，却渐渐忘记了手指抚过猫咪时的柔软；我们在可编程艺术中不断尝试花样，变幻无数可能，却失去了笔尖触上纸面那一刹的屏息期待；我们在虚拟的竞技中飙升肾上腺素，面对现实困境时却不再渴望改变，将各种未满足的期待，投掷于那一片虚拟的洪流。

虚拟世界中的平权运动，究竟是一场颠覆现实的革命，还是一场栩栩如生的安慰游戏？如果来到了一切工具和法门失效的那天，作为人类的我们，将依靠什么力量继续生存下去？ —— 去自然与真实之中，寻找答案。

写在最后

为何 NFT 热潮汹涌？其中有多少是对新科技的憧憬好奇，又有多少是追随着资本的脚步而来？

当 NFT 描绘着超越强权的乌托邦时，又有多少弄潮儿急于在这片处女地上建立起自己的话语权？

有原罪的从来不是新生事物，而是人类那不曾改变的对金钱与权力的欲望。欲望从来不会停下，当物质世界已经无法让欲望餍足，便转而向无限的虚拟世界进军。

但，一切都可以被改变。艺术是关于生命真相的一切，是关于永恒问题的思考。我们为何如此渴望艺术？因为唯有它才能带我们穿越感官层面的花样，远离欲望的焦灼，真正洞见生命的全新可能。

愿这样的艺术诞生，无论在真实，还是虚拟之中。

自讽、自慰与自戕

痛苦是永恒的。

进一寸有一寸的欢喜，进不了一寸也有一寸的痛苦。做热爱之事，自我实现，享受和谐与公正，这些都让灵魂欢愉，但若这些不能实现呢？ —— 痛苦诞生了。如一头野兽在呼吸停止前永远在求生，灵魂的本能是让自我意志获得生存的空间，如果不愿死去，那就携带着这份痛苦，持续地寻找生机。

在这带着痛感的生命中，不同的灵魂，演化出了不同"曲线救国"的选择。面对残酷现实，有的不屑，有的攻击，有的屏蔽……但这些反应有相同的目的：为自我意志创造某种空间，获得了某种自由。在一些敏感且善于表达的灵魂中，这种创造出的空间和自由，成为被称为"艺术"的东西。

是的，艺术是灵魂求生的产物。在这种创造中，灵魂得以不被现实奴役，保有了局部的自由，取得了暂时的生存，哪怕只有一丝一毫。

自讽

1993年，纽约《时代周刊》封面上出现了一个光着头、打着哈欠的中国男子画像。那是一张毫不介意展示丑态的脸，慵懒，愚钝，混不吝。这来自中国艺术家方力钧塑造的典型形象：泼皮光头。为何偏爱光头？方力钧的个人光头史从就读美专开始，他把头发剃光是为了反抗学校禁止留长发的规定。看到老师面对光头的无奈，方力钧感到了胜利感，而这种胜利是以毁掉个人的某种"正确"社会形象为代价的。

这似乎成为方力钧面对强权时的条件反射。他曾有一个被批斗的资本家邻居，浑身恶臭，出没垃圾堆，但也一直努力存钱让孩子买上小提琴。一边是恶臭的皮囊，一边是高洁的理想，两者在一个人身上可以毫不违和地融合。这代表着一种求生本能以荒谬的、无价值感的自我形象作为一种保护色，不仅保护着个人安全，更保护着灵魂深处的一丝理想。

拧巴吗？并不。在马斯洛的需求层次理论中，"尊重"（Esteem）并不是最高级别的需求，位于"自我实现"（Self-actualizatio）需求之下。也就是说，当人达到自我实现的层级，体验高于被尊重的感受，"尊重"是可以被暂时放下的。生于60后的一批艺术家，如刘炜、岳敏君、曾梵志、刘小东等在经历了80年代末的社会变化后，在90年代不约而同选择了同样的保护色——消解崇高，自我异化，以不在乎被尊重的姿态粉墨登场：刘炜的画作中弥漫着"肉"的糜烂和臃腐，是艺术家对时代的回应，正所谓"溃烂之处，艳若桃李"；岳敏君的作品中充斥着失控般的大笑，这是面对世界无从思考时的屏蔽反应；曾梵志为人物戴上面具，面对着无法面对的现实，无法展现真实的自我；刘小东擅长描画极度的平凡庸常，从中窥见生命荒谬的存在意义。

"别人笑我太疯癫，我笑他人看不穿。"这不仅是艺术现象，更是 90 年代的集体文化现象，年轻人用颓废来逃避，用装傻来拒绝，用虚无来戳破一切强加其上的价值。王朔创造了《顽主》，何勇唱着《垃圾场》，这批艺术家玩世不恭的创作风格被栗宪庭定义为"玩世现实主义"。他们鲜艳的画面、取材现实的手法承接着之前"政治波普"的流行语言，却将讽刺对象从社会毫不留情地转向了自我；他们荒诞戏谑的面容，以丑为乐的姿态向后催生着"艳俗艺术"的魔幻悬浮，而"艳俗艺术"进一步将商业对人的浸淫描绘到了极致，灵魂与物质的交媾一时间水乳交融，是讽刺还是享受，已然物我两忘了。

"玩世"是艺术家的自由宣言：我们宁愿像画中人那样，面目可笑，百无聊赖，愚不可及，也不会配合你们的游戏规则！这是灵魂求生后换取的局部自由：不合作的自由，自甘泯灭而不被入侵的自由。如果有别的选择，谁愿意做一个无价值的泼皮？这是一场无可奈何的灵魂求生，是一种放弃对外作战，但又不愿认输的消极抵抗。艺术家以毁灭自我价值的方式，拒绝加入其他一切游戏。看着画面中的人物，坦荡展示着"滑天下之大稽"，究竟是谁更滑稽呢？是这些歪裂痴愚的人物，还是外壳正确但本质荒谬的世界？

只是，若泼皮一世，深埋于心的理想还是当初的模样吗？

泼皮将老，尚能饭否？

自戕

还有一些艺术家，选择了相反的方式。如果"玩世"像浮夸的玩笑，他们就像一把残忍的匕首，拒绝挠痒，只求刺痛。但刺入的不是敌人的胸膛，而是自己滚烫的生命。

这甚至不是一句比喻，这些艺术家选择真实地伤害自己的身体，或使用着骇人的死亡素材，他们不约而同有着"对伤害的迷恋"，上演着一些显然违反公序良俗的行为，何云昌不经过麻醉让手术刀在身上划开了一米，彭禹用人油喂一个死婴，张洹浑身涂满蜂蜜坐在茅厕中吸引苍蝇……这些场景挑战着感官和道德的极限，艺术家是疯了吗？

我们不忍目睹自戕式的艺术，就像无法直视死亡一样。不妨先回答这个问题，死亡，究竟带来了什么？仅仅是一键删除式的寂灭吗？毫无疑问，对死亡的恐惧是写入人类基因的代码，当人无法拒绝死亡的宿命后，有一些人选择将这绝望的命运全然展现，以演绎的方式被看见，这就是古希腊悲剧的起源。在欣赏的过程中，个体的痛苦沉没入群体的悲剧，小我的痛感被悄然遗忘了，组成了人类命运的大悲剧，所谓同体大悲，大抵如是。尼采所说的"悲剧美"，亦从中来。真正地看见死亡，是一个赋予死亡尊严的方式。或者说，以有尊严的方式呈现死亡，能抚慰那永恒的人类哀伤。一旦如此，生命与死亡之间就悄然有了一道空间，这个空间可以容纳下思考、反省，甚至激昂、奋进……如果紧闭双眼，仅仅把死亡当成一种惩罚和降罪，那所有的痛苦，都将毫无尊严可言。

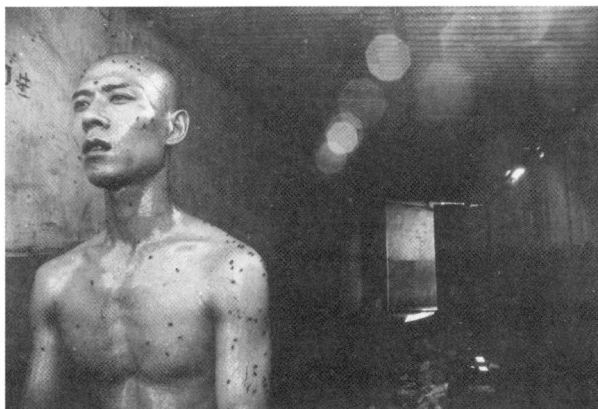

张洹，《十二平方米》，1994 年
艺术家身涂蜂蜜在十二平方米的乡村公厕中静坐两个小时

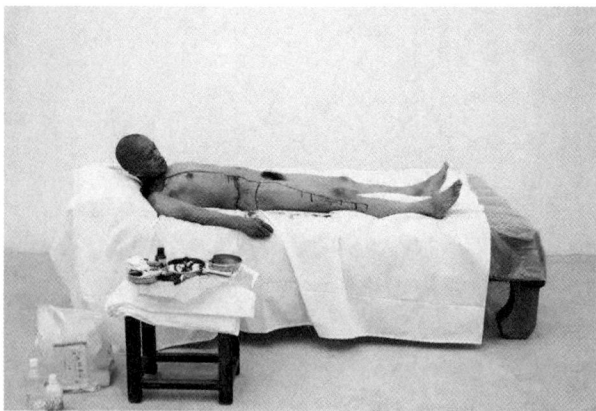

2010年，何云昌在实施行为作品《一米民主》，25人以不记名方式投票
决定是否在何云昌身体上开1条长1米、深0.5-1厘米的创口

我们无法说那些迷恋伤害的艺术家作品中都承载着悲悯的人类命运感，但他们毫无疑问都在做一个尝试：在大众以及自身日趋麻木的感官上，狠狠地予以刺痛。就如达米恩·赫斯特那著名的鲨鱼尸体，名称叫《生者对死亡无动于衷》。人类对活着的感觉越来越弱，死亡像商品一样在橱窗中被展示，已经到了要杀死生命才能看到生命的境地。艺术家选择对生命进行伤害，这依然是意志寻求空间的无奈选择。毕竟，痛不可怕，麻木无感才真正可怕。

生命力是什么？本质是意志的显化，正向发展成为创造力，反向发展成为攻击性。如果创造力的通道被某种原因压抑，那生命力就会转化成攻击性，但任何有共情能力的人，都无法毫无负罪感地对外展现攻击性。对于一个敏感而极具共情力的灵魂来说，攻击性很容易转而向内，对自己下手。

以自己的身体，乃至生命作为素材来创作，竟是一种将攻击性又转为创造力的可能。一方面这种对内的攻击性，通过身体上自愿承受的痛苦，缓解了精神上不愿承受的痛苦。因为自戕会给人以某种程度的掌控感，令何云昌全程痛苦不堪的《一米民主》，其实也在他半逼迫的"操控投票"下才得以实现，是的，作品就是创作者意志自由的空间；另一方面，不管他们是否刻意，公然于世的自戕带有一种献祭感，艺术家希冀以肉身的痛苦、死亡的语境唤醒大众麻木不仁的神经，记忆起生命最初的恐惧，而这恐惧中也包含着最初的生命动力，要么去死，要么去战斗。

我们为什么要欣赏艺术品？仅仅是在他者的创作中，寻到某种共鸣来印证自己的某个部分吗？事实上，如果在作品中找到共鸣，是一种连接，而如果能在作品中找到陌生，更是一种成长。邂逅一个令自己错愕、迷惑，甚至厌恶的作品，它也许是一个机会，能唤醒那些你灵魂中沉睡的部分，遗忘的角落，去往那从未涉足之境。

喧哗之后，这些以身试险的创作者，也付出了代价。1967 年出生的何云昌看起来至少比年龄苍老十岁；陷入"食人"争议的朱昱，十几年来都用绘画来自我疗

伤；最合格的理想主义者张盛泉，将生命献祭于 2000
年新世纪的第一天。

生还是死，从来不是问题，选择生还是死，才是真正
的问题。

但，除了选择生死，我们还有创造的权利。

自慰

人类的灵魂永远都在进步吗？事实是，偶尔在进步，
往往在堕落。如果说"自讽"和"自戕"有某种共同
点，那就是对现实依然存在不满和批判。只不过这种
批判都以扭曲自我的方式实现，自讽以自己的荒谬反
衬世界的荒谬，自戕以对自己的伤害来释放无法实现
的战斗欲。时代继续，灵魂犹作困兽之斗，终于来到
了此时此地：自慰。

变化，究竟是在哪一刻发生的？

1989，这个无法回避的数字。如气象变幻前的云海翻腾，终究酝酿成一道霹雳。这一年，青春叛逆期般的"85 新潮艺术"落幕，当代艺术随着 92 年改革开放走向成熟而世故的全球化；这一年，创作者们渐渐放下了手中对外批判的武器，转而向内沉浸人间，饶有兴趣地描绘起中国特色的精神肖像。

1989 往前推 10 年，30 多位创作者在 1979 年将作品挂在了中国美术馆东侧的铁栅栏上，这就是本欲燎原的"星星美展"，彼时的艺术家，是被美术馆拒之门外的"野生"盲流；1989 往后推 10 年，2000 年的上海美术馆门口排起了长龙，等着进入第三届上海双年展现场，此时的艺术家，成为登堂入室的社会精英。

从江湖到庙堂，从穷艺术家到富豪，变换的不仅是社会地位，更是创作者与艺术的关系。曾经，艺术是家国命运的拷问，是饮鸩止渴的欲望，是血荐轩辕的雄心。现在，这一切已过时，"企业艺术家"成为国际的成功标准：如企业主一般质量稳定地输出作品，让价格如一只好股票般持续攀升。渴望创作的年轻人们很难不受普世的成功学影响，观察国际的流行，学习已成功的元素，急不可待地塑造个人符号，一切都如流水线生产般标准而有效，为能被市场看见而全力以赴。只是，跻身名流的成功艺术家，是否还能对社会角落中的痛苦感同身受，如何去批判一个自己置身其中的利益集团？

灵魂的求生是永恒的，可见的"成功"是最有效的自慰方式。无法在深入真相中获得智慧成长，那就在花样的皮相中获得感官满足。君不见，粉嫩色彩、浮夸造型、炫目效果已成为一种国际流行艺术范儿；作品中的精英主义，智力上的优越感，沉浸于自得其乐无法自拔，皆是一种不求深刻，但求有效的心理慰藉。这是真正的艺术吗？贡布里希在为《艺术的故事》选择作品时有一个标准：排除一切只作为一种趣味或时尚的标本看待才可能有些意思的作品。

从来没有一个时代，人们对艺术谈论得如此之多，而真正尊重得如此之少。这里站立着一群饥肠辘辘的人，将自我放逐于崇高、深刻、悲怆之外，永无餍足地寻找着欢愉。作用于感官的刺激是最快速的,也是最易消逝的,循环往复,永无休止。自慰有错吗? 也许,错的只是我们为何创造了一个对自慰上瘾的世界。

同样是解决痛苦,如何来区分"自慰"和真正的"慰藉"呢?

"自慰"停留于人的欲望层面,通过满足人欲来达到短暂快速的愉悦,如吃喝,名利,小我的一切目的;而真正的"慰藉"的对象是个人欲望,却最终通过超越欲望来实现,这是一个如何忘我地放下自我,进入更广博无垠的精神境界的过程。"自慰"和"慰藉",前者不放弃快乐,后者不回避痛苦;前者麻痹痛苦,后者超度痛苦;前者执着生命,后者超越生命。

真正的艺术,带着慰藉的力量。艺术家创造了它,但它早已超越了艺术家,因为它的诞生不通过思维设计,它是人超越自我后与宇宙意志的合一。真正艺术的显现印证了人的有限而渺小,也证实了智慧的无垠而肯定。真正的艺术,能让漂泊无依的灵魂归家,忆起最初自由无拘的生命，慰藉着所有能真正看见它的人。

今天，我们拥有了足够多的游乐园、超市、商场、交易所、餐厅……却没有一座神殿收容走失的灵魂。

附上尼采的诗一首，献给我们尚在路上的灵魂。

> 我对追随和指导觉得可憎。
>
> 服从？不行！而统治——也不行！
>
> 谁不能使自己畏惧，也不能使任何人畏惧。
>
> 只有使自己畏惧的人，才能指导别人。
>
> 自己指导自己，就使我觉得可憎！
>
> 我喜爱的事：像森林和海洋动物那样
>
> 有好大一会工夫茫然自失，
>
> 在轻轻的迷误之中蹲着沉思，
>
> 最后从遥远之处唤回自己，
>
> 把自己引诱到自己这里。

超越强权：艺术的格局

今日，我们如何来定义"强者"？曾经，强者是凯旋的荣光；今日，强者是攀升的数字？曾经，强者是精神的图腾；今日，强者是膜拜的权力。欢迎来到，标准化生产"强者"的时代。

这是一个万物皆可交易的时代，一个"无所不能"的时代，人类从未在欲望层面到达如此自由之地：动动手指，美食顷刻出现在家门口；无须真人，虚拟现实中亦可体验成人影片；何以解忧，任何情绪问题都能在社群中找到共鸣者和一万个解答。

这又是一个英雄不问出处的时代，一个陨落者与新生者轮转不息的时代。退役的前世界冠军再也无人问津；商人东山再起后人们就遗忘了他的桃色丑闻；当名不见经传的新媒体艺术家 Beeple 的 NFT 作品拍出 6930 万美元，世界上最贵的艺术家达米恩·赫斯特立刻向他发来了祝贺短信。

我们拥有了足够的"自由"，世界也清晰展现了通往"强者"的不二路径：金钱与权力。是的，我们可以拥有任何东西，只需具足金钱与权力；我们可以瞬间成为"强者"，只需具足金钱与权力。"钱权组合"是当之无愧的无冕之王，是席卷全球的度量衡，只不过，是否还能想起有那么一些曾经？"强者"曾经是不屈的崇高，是不染的高洁，是不移的信念，隔着不过上百年的距离，一些故事却已缥缈如蜉蝣，遥远如星辰。灵魂与钱权的关系，从来就不是一个新话题，甚至是一个亘古不变推动灵魂进化的动力。今天，金钱与权力已成了最强势的力量，成了万人之上的强权，今天讨论这个话题的意义，不仅止于对强权的批判，更在于洞见灵魂的可能性：当面对看似不可阻挡的强权时，灵魂该如何选择？

让我们从艺术开始。

因为艺术，是世界上最敏感灵魂的痕迹，亦是面对强权时，一面最清澈无遮的镜子。

强权为敌：不究竟的对立

刚强，诞生于脆弱；强权，诞生于对权力丧失的恐惧。当金钱与权力成为普遍性，人生变成了一场《大富翁》游戏，进入了看似自由选择、实则毫无选择的世界：行差踏错便会造成损失，只能做那个让利益最大化的选择，这被哲学家阿兰·巴迪欧称为"消极的自由"。"人"的存在只为创造利益，通过一次次交易让自我增值，终极目标就是成为一个以高价自矜的商品。

当生命潜能被封闭在这个大市场内，丧失了向外探索的权利，意志便会转而向内倾轧、掠夺——"强权"由此诞生。这种向周遭倾轧的力，力图在有限的可能中，尽力实现最好的可能，重获虚幻的掌控感。

这并非远在庙堂的政治手腕，而是近在眼前的生活日常：我们看到了剥夺孩子自由意志的"鸡娃"教育，横向消耗而非纵向深入的"内卷"式竞争。这一切都源自某种深刻的绝望：不相信除了向金钱与权力攀爬之外，人生还有其他可能。

"强权"的倾轧，势必会引发一种自然反应：对立与批判。这正是艺术创作的重要动力之一，在此，本文并不讨论艺术批判的手法，而是企图思考一个问题：对立与批判的过程，是否能如愿实现最初的目标，推翻强权的话语权？

克莱门特·格林伯格，这位极富战斗性的批评家以批判"媚俗艺术"著称，经历纳粹时代的他洞悉了媚俗艺术是"强权"最青睐的宣传工具，立场坚定地反对"降智迎合大众"，他认为达达、波普都不是真正的艺术，强烈推崇注重纯粹精神性的美国抽象表现主义。在他的推动下，美国新艺术成为取代欧洲艺术的新方向，抽象表现主义也探索了纯绘画在艺术性上的极限。

如果说格林伯格是成功的，他成功地让艺术中的精神性清晰化，向世人展现了艺术特有的"遗世独立"之姿；如果说格林伯格是失败的，他的失败也恰恰来自于此——他决绝地将艺术分出了"媚俗"与"严肃"，"坏品味"与"好品味"。这看似清晰的分野，却因为失去了那片具有无限可能的模糊地带，而让"严肃艺术""好品味艺术"渐渐走向精英主义的狭隘——拒绝杂物的干扰确实可以保证纯粹，但也可能因失去对抗外界的免疫力而虚弱。另外，如果只将精英式品味置于艺术权力体系的顶端，而鄙弃任何"不纯"的艺术语言，这何尝不是另一种强权的姿态呢？

强烈的对立批判，未必能真正击败对方，却往往令自我陷入忧愤绝望。这不得不令人想到两位抽象表现主义的领军人物——杰克逊·波洛克与马克·罗斯科，这两位同时代的大师，前者如李白般狷介狂放，后者如杜甫般浑厚沉郁，两人都逼近着各自所能探索的艺术极限，迸发过足以照亮人类的崭新光芒，但最后他们都陨落了，前者死于迷乱状态下的车祸，后者死于自己选择的一根绳索。

也许，是他们不堪忍受却又无法阻挡的波普新时代杀死了他们，但也许，更是他们心中的那"势不两立的对立"杀死了自己。波洛克的"放"，昭示着美国新艺术打破一切旧有规则的活力气象，但也正因拒绝一切旧有规则，"放"的能量成了无源之水，渐渐走向衰竭；同样，罗斯科的"沉"，是一种神性庄严的降临，但也因不相信超越现实而飞升的可能，这样的"沉"日渐坠入黑暗，走向窒息。他们的陨落，不只是个人命运的偶然，而是象征着理想主义走向狭隘后的绝望，为理想而献祭固然崇高，但这份珍贵的献祭，却最终没有超越二元对立的游戏。

艺术中的"纯化"，本应是一条不断究竟的进化之路，但怎样才是真正的进化？"纯化"不是形式和语言的提纯，而是精神内核的清晰和确认，是一个把握本质、不断放下干扰的过程，而这种"放下"却不是通过简单的"对立"实现的。如果执着于打造一个不染纤尘的乌托邦，便容易困于"时时勤拂拭，勿使惹尘埃"的焦灼，马列维奇所构建的至上主义便是将形式纯化推到了极致，不接受任何"不纯"的形式，但也意味着终结；只有进入一个超越对立的自由乐土，才能了悟"本来无一物，何处惹尘埃"的坦然，获得随心所欲的自由。

对立是自我立场的显化，而执着于对立却是自我缩减的开始，当对立被超越的那一刻，也许就能来到诗人鲁米所描绘的那片田野：

> 有一片田野，它位于是非对错的界域之外。
> 我在那里等你。

> 当灵魂躺卧在那片青草地上时，世界的丰盛，
> 远超出能言的范围。

> 观念、言语，甚至像"你我"这样的语句，都变得毫无意义。

爱恨强权：当你凝视深渊

爱可以生恨，同样，恨中亦能生爱。

就如尼采对超人的崇拜，对力量的膜拜是人类的天性之一，但匪夷所思的事实是：当灵魂置于被强权戕害的环境中，依然有可能对强权产生共鸣，乃至膜拜。这看似不符合逻辑的心理，蕴藏着灵魂求生的本能。这是绝望灵魂在无可选择之后的唯一选择：面对力量悬殊的强权，逃出升天已无可能，灵魂的生死完全由强权决定。此时，强权的身份已不仅是迫害者，也成了"照料者"，这种生死相系的紧密关系，让灵魂在极端情况下对强权的情感依赖成为可能。这样悲伤的事实并不鲜见，如孩子与家暴养育者的依存关系，PUA方与受害者的爱恨纠缠，底层民众对极权力量的盲目崇拜。

这并不是"久处鲍鱼之肆而不觉其臭"的麻木不仁，而是在有"恨意"的觉知下，依然不可控制地迷恋上了某种暴虐的力量感，并获得了某种奇异的"安全感"。在艺术家敏感的灵魂中，这样的"爱恨合一"，显化得更令人心碎而动容。玛丽娜·阿布拉莫维奇，我们哪怕隔着屏幕观看她的作品《节奏10》，依然感到心惊肉跳：艺术家将10把利刃摆放在眼前，拿起一把毫不犹豫地快速插向另一只手的指缝，刀刃在指间快速跳跃，直至刀刃磨损，再换下一把，直至用完。

观众的心随着刀刃的每一次刺下而绷紧，随着每次刺伤手指而悚然，但节奏从不停下，这就是年轻的阿布拉莫维奇对强权爱恨交加的表达：她出生在南斯拉夫的一个战斗英雄之家，父母的军事化高压管理笼罩了整个成长期，在她作完《节奏10》的当晚，也要乖乖遵守门禁在10点前回家。推动阿布拉莫维奇创作的动力，正来自对于家庭强权的反抗，但她反抗的方式，恰恰是以同样的强权施诸己身——也许，主动的自戕带来了确定的控制感，这种自赋的高压即使不舒适，却依然能赋予灵魂一种清晰的秩序感，获得平静的可能。

如果说阿布拉莫维奇从强权的"手段"中获得力量，那么翠西·艾敏和路易斯·布尔乔亚则是从对强权的复杂"情感"中获得动力——在两性关系的语境中，令人备受折磨的强权往往带着"男权"和"父权"的意象，这既是许多女性艺术家创作的动力，而局限性也恰恰来自于此：一旦以"受苦者"的语境进行创作，这身份往往会萦绕一生，挥之不去。

嘴角挑衅般歪向一边的翠西·艾敏，将自己混乱的床连同混乱的生活一起作为现成品公之于世，用都市霓虹般绚烂而寂寞的灯光写下为爱心碎的句子，在53岁时穿着父亲的白色殓服将自己嫁给了一块石头。在翠西的艺术中，我们看到了因爱而不得的受苦灵魂，但在这心碎的隐痛中，也隐藏着自恋式的玩味：艺术家的创作因痛苦而生，也渐渐依赖痛苦而生，在自愿陷入的纠葛中，痛苦成为艺术家不愿摆脱的宿命。

路易斯·布尔乔亚，这位活了近一个世纪的艺术家，年迈时想起父亲在儿时的羞辱依然哽咽。被抛弃的母亲、父亲的情人、被父亲轻视的女儿，终其一生，她都在用艺术重新定义童年的伤痛，这些痛触发了创作，她选择沉浸式地进入每个黑暗梦魇，并与之共舞。在梦魇的深处，被唤作"妈妈"的巨型蜘蛛诞生了，蜘蛛嶙峋的长足令人不寒而栗，却呈现着强权的震慑和威严。在这里，我们看到令艺术家受苦的强权不是被批判的，而是被依赖的，并为之臣服的。

与女性艺术家不同，令男性艺术家沉浸的强权语境往往由战争触发。但即使反映战争，最令人难以忘怀的表达也从来不是单纯的批判，而是融入了更多复杂情感。德国艺术家安塞姆·基弗和格哈德·里希特，都在二战的余烬中发掘了自己的艺术土壤。基弗出生于二战结束的那一年，他的童年在战后的废墟中长大，围绕他的不是被强权压迫的紧绷感，而是一种弥散四周的"衰亡之气"。艺术家本身并未亲历强权时代，他生长在强权消弭将尽的余韵中，这是一片失去了力量、自信，乃至信仰的废墟，艺术家急需为包括自己在内的新时代灵魂找到立足的支点，于是，他决定重新看回去。

基弗在 1969 年的作品《占领》中身着纳粹军服高举右手面对沧海，身处衰亡与无常之境中，强权更显突兀而悲凉，却依然有执着的意志；在延续至今的创作中，更多的废墟残骸、断壁残垣被艺术家重现，它们沉重而悲伤，却也依然有静默的尊严。当曾经的"荣光"熄灭，有的人在余烬中看到悲凉，有的人则看到了隐藏的力量。

而对于童年在二战时代度过的格哈德·里希特来说，他对于强权的情感则更为复杂：他的父亲拥戴纳粹并为国捐躯，舅舅是早逝的纳粹军官，姨母则死于集中营。至亲们与强权的关系如此深刻，却都伴随着强权的覆灭而逝去。政权颠覆、柏林墙倒塌、从东德流亡至西德，在里希特的生命中，没有任何坚固之物，一切似乎都会在顷刻间摧枯拉朽，我们在他早期的"照相写实"手法作品《鲁迪舅舅》的形象中，看到了这随风而去的"伤逝"之感，这无法留驻的消散，不仅是艺术家的回忆，亦是他对于强权，乃至对于生命中一切信仰的态度：没有信仰。他如此确定地相信着万物的不确定，但是，如果将一切视为梦幻泡影，强权的痕迹就真的能被抹去吗？至深的伤痕就真的能愈合吗？
在艺术家们对强权的爱恨纠葛中，也许值得我们思考
一个问题：艺术，仅仅只是人类情感的表达吗？我们
是否有可能超越情感的爱恨纠缠？巴迪欧认为："艺术
不是一场崇高的降落，从无限下降到身体和性欲的有
限的不幸。"面对黑暗的情感深渊，灵魂得以向深处探
索，却也可能被吞噬其中，永无超脱之时。

因为，艺术并不总是执着于自我的，而是有着超我，
甚至无我的可能。

成为强权：无尽的胜负游戏

灵魂与强权的距离，究竟有多远？

无论是对立还是爱恨，中间终究隔着一个具有张力的
距离。但对于有一些灵魂而言，面对恐惧的方式，并
不是面对或逃避，而是成为恐惧本身。

不想成为被欺凌的弱者，那就直接成为施虐方；不想在游戏中被淘汰，那就直接制定游戏规则。这看似跃入"更高格局"的转变，实则有一个前提：灵魂交付了其他可能，认可了这个强者至上的游戏规则，进入了这个永无休止的强权游戏。在浮士德与魔鬼的交易中，魔鬼会满足浮士德的任何要求，但一旦浮士德感到满足，灵魂便归魔鬼所有。

在这个次第分明的游戏中，懂得如何向外获得最大利益，便能攀上下一个台阶，而这种"获得"来自对他者的无视和侵略，这是一个无法与弱者和失败者共情的世界，一个无法从脆弱中感受真实的世界。在这个游戏中，停下即死亡，"强者"是一个上了发条的进度条，永无餍足和宁静的一刻。

一个残酷的事实是：如今的世界，正普遍运用着"强权游戏"的规则。于是，我们更容易看见野心勃勃的"成功者"，对于世界满怀改造的雄心；在艺术中，我们更容易看见那些明显"有为"的作品，对"无为"的作品失去了理解的耐心。而对于艺术家而言，是否

能抵制住"成为至高强者"的诱惑，成为时时刻刻的
考验。

不可否认，成为强者需要强大的意志，当人类展现这
一面时，令人震撼而动容——如果亲眼见到艺术家克
里斯托与妻子珍妮·克劳德包裹的德国国会大厦，也
许就会相信，艺术是一场无所不能的奇迹。克里斯托
夫妇花费了 24 年，说服了近 200 位德国议员才得以令
计划实现，同时夫妇俩从来不接受公共资金赞助，一
切费用都是从出售小作品中获得。为何艺术家要如此
不计代价地自苦？因为这是意志胜利必需的过程，全
然地不假外力，最后的"包裹成功"才是纯粹个人意志
的胜利，而当国会大厦、海岸线、凯旋门等一系列奇
景被包裹的那一刻，它们似乎都被个人意志所"征服"。

早年，克里斯托为了躲避东欧强权而流亡巴黎。终
其一生，他似乎都在用"包裹"的方式夺回自己的力
量——在"包裹"之下，物体的原本面目和属性消失
了，包裹是一种覆盖和再定义，是一种施加的权力，
而权力的大小则由对象的大小决定。这也是为什么克

里斯托夫妇如此执着于包裹世界上最瞩目的建筑、最
奇峻的巨景。这是一种超人式的意志，包裹政治，包
裹文明，乃至包裹自然，在克里斯托夫妇的世界中，
"人"无所不能。如果说这样的"超人"有什么弱点，
那就是"临时性"，包裹的巨型作品常常因天气只能存
在一天——以"结果"为导向的创作往往是脆弱的，
因为它缺失了"自然生长"的过程，震撼诞生的那一
刻，也面对着随时被摧毁的宿命。

强权无法离开对象而独立存在，强权力量的大小也随
着对象大小而变化。而这也注定了强权的弱点：这是
一种无法自足的力量，需要不断地向外验证和索取。
而在与外界对象的关系中，除了付出型的"征服"，还
有一种更不动声色的方式，那就是吸纳型的"操纵"。
"吸纳"与"吸引"是不同的。最大的不同关乎"我"
这个主体的自由性。在"吸引"关系中，"我"对某种
特质心向往之，但我依然是自由的；而在"吸纳"关
系中，"我"一步步丧失了自我意识融入其中，此时的
我已不复自由。而安尼施·卡普尔，正是一位精通"吸
纳"之道的艺术家。

"吸"的意象，贯穿了卡普尔的一系列作品。他擅长制造一股无形的力，召唤着人们不由自主地进入其中。我们看到了拔地而起的红烟被一股强力吸入穹顶，也看到了水流形成黑色漩涡，如被某种力量召唤一般，无止境地向深处旋转；神秘的敞口管和裂缝在作品中被反复运用，卡普尔戏称自己在凡尔赛宫的装置为"王后的阴道"；他甚至垄断使用了全世界最黑的颜料，并将其涂抹在坑内，毫无反光的效果让一位观众在参观时无意坠入。"作为一名艺术家，我真的没有什么要表达的。"卡普尔如是说。艺术家没有说谎，他并不"输出"，而是制造了"输入"的入口，当灵魂和意识被吸纳其中的那一刻，完整的作品就完成了。

更令人印象深刻的曾在中央美术学院美术馆展出过的《献给亲爱太阳的交响曲》，是一场过于明显的献祭：如血肉般的红色蜡块随着传送带缓缓向上运送，传送带末端有一轮红色"太阳"注视着一切，但蜡块从未能真正接近"太阳"，注定在接近的那一刻从顶端坠落，成为下方血肉模糊蜡块堆中的一员。这个仪式，是卡普尔常提到的"自动生成"概念的写照：有序的机器和制度，加上向高处攀登的欲望，一切便会"自动生成"，轮转不息。

卡普尔理解了操纵灵魂的两个秘密：欲望与恐惧，欲望令人迷失，而恐惧令人臣服。和"吸纳"型作品的静谧，甚至"优雅"相比，他的另一类作品则显得过于残暴：被射向墙角血肉飞溅的蜡块、撕裂伤口般的画面。也许，这正是强权的一体两面：一面是降临式的肃穆威仪，而一面则是毫无怜悯的嗜血暴力。庄严而残暴，从容不迫地向世界释放着威慑力。

为何强权者无法仁慈，无法归于平静？因为在踏入强权游戏的那一刻，也迎接了注定坠落的宿命。这是一个永无止境的胜负游戏，在君临天下的强权中，永远藏着深刻却又无解的恐惧。

成为征服者，是如今普世的成功学教育，但我们却忽略了最难的征服：如何去征服那颗"心"，那颗想要征服一切的心，那颗难调难服的妄念之心。

逃避强权：自我放逐与囚禁

"仕"与"隐"，是一个互为转换的游戏。

在强权的游戏规则中，除了持续进取、自我实现之外，当遇到瓶颈或不可抗力，还可以选择"躺平"——所谓"达则兼济天下，穷则独善其身"，这是中国士大夫自古以来的备选策略，也暗示了"隐"是"仕"不成的次等选择。这看似充满弹性的空间，本质却是非此即彼的没有选择，"非仕则隐"的人生剧本已经写好，还想要什么选择？

相对于如履薄冰的"仕"，逃避强权的"隐"显得轻逸而潇洒。"隐者"似乎自带着不俗的光环，但选择"已退出群聊"的隐者都是世外雅士吗？事实上，"隐"只是外在的表现，内在依然有着"反抗"与"默认"的区别——反抗的"隐"，是敢于不配合强权的游戏规则，如梅兰芳在日军占领上海后闭门谢客，蓄发隐居，这样的"隐"是不合作，是无声的反对；而"默认"的

"隐"则相反，对于强权并无反抗之意，只求逃离强权得一隅安宁，躲到哪里才能安全呢？——有的选择了自我放逐，有的选择了自我囚禁。

什么是自我放逐？是如俄狄浦斯般将自己流放于命运的无常吗？和曾经逃避宿命的悲怆相比，今日的自我放逐是一种放弃超越的退行。如尼采提出的"末人"（Last Man），这是一种与"超人"相反的人，他们认为一切超出自身的追求都是危险的。"什么是爱？什么是创造？什么是渴望？什么是星辰？"这些只会带来痛苦。"末人"避免超越的欲望，只追求安逸，最重视健康和快乐，可如果依然不快乐怎么办呢？——"偶尔来点药，这将带来安逸的梦，最后多来一点，这将带来一种安逸的死。"

药，已遍布了生活的每个角落。从刷到停不下来的"猪食"短视频、拍照求点赞的网红打卡式生活，到付费就可以学到一切的碎片课程，我们可以轻松找到满足需求的快速"解药"，生活和文化都毫无例外地向媚俗倾斜，朝着"简明易懂""好看好玩"的方向而去。

艺术家达米恩·赫斯特洞察了现代人需求。他真正明白了药是什么，药柜就是现代人的神龛，而药店就是现代人的宝藏，似乎任何问题都可以在服下一颗药丸之后立刻解决。艺术家也明白，没有什么比浅层次的感官享受更重要了，就如他那些愉悦的圆点画：只要遵守规则，不追求未知，愉悦就会被批量制造，虽然这种愉悦毫无个性且肤浅，但它们无穷无尽，难道还不够用吗？

事实上，感官王国的大门从未如今日般敞开。以假乱真的虚拟现实技术被发明，NFT 艺术如火如荼，人们在虚假的"眼见为实"中不能自拔。也许从超现实主义开始，人们总是忍不住沉溺于幻觉与真相的游戏，但幻觉是对真相的遮蔽，沉溺于幻觉，便将自己放逐于不在乎真相，也渐渐不能面对真相的世界——真相多丑陋，何况我们也无能为力，不妨躲入虚拟的温柔乡吧。

自我放逐除了让人失去"面对真实"的能力，还会进入另一种退行：拒绝成熟。如今大行其道的"潮玩艺术"是其中的代表，从杰夫·昆斯到 Kaws，从村上隆到 Mr.，他们都生产着为特定人群提供的"大玩具"：不需要过高的智力和理解力，就能彰显自己时髦入流的品味。也许这还不仅仅是虚荣心的问题，在"所见即所得"的大玩具世界中，一切都是确定和安全的，如孩童用心爱玩具制造的一个堡垒。这样的快乐有什么不好吗？最好的可能也许是，一生能幸运地绕开任何意外和痛苦，一旦发生，虚幻的快乐就如泡沫般不堪一击。

如果自我放逐像一种逍遥，那么自我囚禁，无疑是一种"苦修"。

当强权来袭，自我囚禁成为防卫外力的"金钟罩"，与世隔绝般地建立起了自己的乌托邦。这样的自囚往往有着极度严苛的规则，因为规则越严苛，才能越有效地建立起坚固的隔离带，阻断任何其他力量的入侵。最典型的"自囚艺术"，来自艺术家谢德庆的《笼子》。从 1978 年 9 月 30 日到 1979 年 9 月 29 日为止，艺术家用整整一年时间将自己锁在木笼中，笼内只有一个洗手台、灯、马桶和一张单人床。其间不允许与外界交谈、不阅读、不书写，也不收听广播或看电视。在笼内静默窒息的独处中，谁能说笼内的生活一定比笼外糟糕呢？因为艺术家早已知道，如果不允许意志的自由，笼外也只是一个更大的笼子而已。

谢德庆的《笼子》是一场静默的战斗，而河原温的一系列作品，则是与外界毫无关系的"沉浸式自囚"。他连续 47 年在画面上画下当天的日期，这将近 3000 幅呈现出高度的统一：尺寸一致，颜色有灰、蓝、红、白 4 种，日期按艺术家当天所在国家文法来排列，日复一日，无休无止。艺术家在干什么？也许可以在他的另一个作品中找到解答：在 30 多年的时间里，他向朋友发出了 900 多封电报，每封电报上都会写着——我还活着（I am still alive）。这便是河原温所沉浸的答案：正是那最简单，但也最重要的"活着"的证明。

在无常的世界中，唯有执着地"活着"，才是艺术家唯一想要抓取的意义。在自我打造的监狱中，身体的限制并不可怕，可怕的是灵魂被封印于一点，从不流动，从不变化生长，却执着地在同一纬度横向重复，成为另一种自我对自我的强权。

大地艺术家克里斯托生前《被包裹的凯旋门》计划

在 2021 年于巴黎得以实现

谢德庆，《一年行为表演：1978-1979》，1978-1979

艺术家企图以自苦的方式超越命运的桎梏

灵魂总是在寻找出路，意志总是在寻找自由。可是，强权之下，安有乐土？无论是自我放逐抑或自我囚禁，真的能成功地逃避强权吗？也许就如俄狄浦斯一样，在选择逃避的那一刻，就注定会落入最终的宿命。

超越强权：另一种可能

让我们来到最后一个，也是最重要的问题：面对金钱与权力的普遍性，我们还有没有其他可能？

这是一种超越强权的可能，为世界打开一道新的光亮，令生命产生真正的意义。

而艺术，就是为原本不可能的事情创造可能。真正的艺术，从来不是怡情的消遣，不是欲望与痛苦的宣泄，更不是操控或媚俗的工具。真正的艺术往往从绝望与限制中诞生，唯有这样才能赋予其超越的力量，她带来了一种不同于金钱和权力的全新普遍性：在这种新的感性连接中，我们得以摆脱桎梏，用全新的角度看待生命和自我，心无挂碍，无有恐怖。

所以，真正的艺术家应该是谁？他们是手持火把的驱魔人，在黑暗中燃起光明；他们是无我的布道者，破除妄念带来正见；他们是慈悲的疗愈师，照抚着所有悲伤的灵魂。以下四种艺术，为我们带来了超越强权的可能。

1. 民主的艺术，不属于特定阶层

值得注意的是，这里的"民主"不是政治语境中的"狭义民主"，真正的民主超越了国度和体制，超越了二元对立，制度中的"狭义民主"容易在激进中披上强权的外衣。

何云昌的《一米民主》便是狭义民主的写照：艺术家邀请观众以投票的方式来决定是否要在其身上割开一米长的伤口，由于观众并不愿意，艺术家最后以强迫和操纵投票的方式完成了行为艺术。只要有强权意志的参与，即使是公平的制度也不能产生真正民主的结果。

什么才是真正民主的艺术？首先，她不只为特定阶层服务，而向任何人敞开。艺术家夏洛特·波塞嫩斯克，经历过二战伤痛的她立志做不同于强权的艺术，她的作品没有版本限定，理论上有无限版次，以此来反对艺术成为资本剥削的手段；她的作品全部以成本价出售，只包括材料、生产、运输的费用，而没有任何"艺术"的附加值；为了让更多人能接近艺术，她选择用便宜的瓦楞纸材料制作产品，同时作品的组合、展览方式完全交给购买者，艺术家不做任何的干预。艺术家博伊斯也是民主艺术的践行者。1982年，他在弗里德利希阿鲁门博物馆门口放置了7000块玄武石，并召唤人们只要种下一棵橡树，就会移除一块玄武石。这是一个用"生命"置换"冰冷"、用"有情"置换"无情"的行为，也就是博伊斯提出的"社会雕塑"概念：人人都是艺术家，人人都有可能用自己的行动来改变世界一点点。

这就是民主的艺术，消除连接的障碍，唤醒每个人改变的潜能。

2. 开放的艺术，消融封闭和垄断

开放的艺术与民主的艺术有相似之处，但更指向于"无我的分享"。在这种艺术中，艺术家的"自我"是消融的，巴迪欧曾说过："艺术的主体不是艺术家，艺术的主体就是艺术。"在真正开放的艺术中，艺术家就像一根"空心的竹子"，让一些东西经由自己流过，转化为艺术的语言，成为洒向众生的滋养。

艺术家大同大张曾经做过一本叫作《邮寄艺术》的刊物，他的初衷来自对当时艺术家中"保密"风气的反对，他认为艺术家们开始变得功利，将创意如财宝般藏于心中从不交流。在《邮寄艺术》中，他将自己的一系列艺术创意画成手稿，寄向全国的艺术家并放弃版权，宣布谁做出来作品就属于谁。大同大张是激进的，但他依然让我们看到了一颗开放无畏的心和封闭狭隘的心之间遥远的距离。

真正的开放，是"爱"的分享——在费利克斯·冈萨雷斯-托雷斯 1991 的作品《糖果》中，我们能看到这令人动容的诗意。冈萨雷斯用 175 磅糖果象征爱人在世时健康的体重，邀请每一位观众随机拿走一捧糖，随着糖的消失，爱人消失不见，而爱的甜蜜却留在了更多人的心中。真正开放的艺术，带着空性的诗意，不再执着于固定的形态，而爱与真理却在不断的转化中，成为永恒。

3. 自由的艺术，打破限制性规则

自由，才让万物得以生长。

人类思想的探索，是通过一次又一次的"打破"完成的，而破坏者往往不能被当下所理解，从破坏力超群的毕加索到反艺术的杜尚，从挥洒生命的波洛克到空音乐的约翰·凯奇，他们都开辟了自己的新路，无数创作者从这些先驱身上得到滋养，但对于他们自己而言，惊世骇俗并不是创作目的，他们创作的本质，是忠于灵魂的表达。

自由，不是一种姿态，而是一种生命状态。《月亮与六便士》中的主角思特里克兰德一生猖狂，得了麻风病瞎眼之后依然疯狂作画，在生命的最后完成了杰作，并留下遗言一定要烧毁。在遇见艺术之后，思特里克兰德每一刻只为自己的热爱而活，保持真实，才能通往自由。

自由，不是无意识的随心所欲，是来自心灵的深思熟虑。对自我越确定，才越能打破既定的规则。艺术家赛·托姆布雷如孩童涂鸦般的抽象画，常常让人摸不着头脑，他沉浸于古欧洲文化中，他说"每一根线都栖居着它自身的历史"，明白了"古老"与"纯真"的相容与合一，从中获得了超越时间、超越限制的能量，他的"涂鸦"看似草率，实则专注，看似随意，实有真心。

当我们感受到艺术中的自由，升起"啊，原来还可以这样！"的念头，一些禁锢的东西，就在悄悄消融。

4. 实相的艺术，驱散幻觉和假象

假象让灵魂迷失，实相让灵魂觉醒。

假象往往带着诱人的面具，让人陷入其中无法自拔，而实相却常常平实如水，如呼吸和空气般在眼前，我们却浑然不觉。重新看见实相，已变成了一个不简单的能力，就如麻木的舌头如何品尝出泉水的甘美，浑浊的双眼如何望见远山的悠云。

但这正是艺术家的工作。沃尔夫冈·莱普，一位如僧侣般的艺术家，在长达30多年的时间里，每年他会在春夏去田野收集榛子花粉，几个月仅有小半罐的收获。2013年，他用收集的金色花粉，以极其认真虔诚的状态，在MOMA美术馆铺就了一方耀目而温暖的花粉田。

这片完全由自然馈赠而来的花粉田，没有任何奇技淫巧和遮蔽之物，如实散发着生命最初的状态：花粉是生命的开始，是一切的本质，当我们真正看到了她，就看到了隐藏于万物之中的"神性"。犹如从一颗沙中洞见宇宙，一粒微小的花粉，亦能引领我们进入温暖和光明。

莱普的另外一个作品《奶石》也向我们展示着"实相"：艺术家在一小方纯白的大理石上打磨出浅槽，再用当天的新鲜牛奶静静倒入槽中，作品完成。奶与石，生命与非生命，柔软与坚定，温暖与冰冷，却在一瞬中合二为一，这是没有任何妄饰的本质，这是实相与实相的相遇，依然提示着我们：走向最静谧的平凡，就是走向神性。

与实相相遇那一刻，我们才能体会本自具足的美好，结束不断外求的疲累。

强权的艺术操纵感官，超越的艺术解放思想；强权的艺术滋生欲望，超越的艺术滋养智慧；强权的艺术制造恐惧，超越的艺术慰藉灵魂。

以上四种艺术，并不能涵盖超越强权的全部可能。究竟是臣服于强权，还是勇敢地超越，对于创作者而言，这是第一个，也是最重要的灵魂选择。

写在最后

为何要写艺术与强权的关系？

因为，我们需要在已日渐适应的强权规则中，相信依然存在"另一种可能"。而真正的艺术，能创造这全新的可能。真正的艺术，与真理和爱有着许多共同点，都需要忍耐、精进、忠诚、不断地自我反思。这是一个艰难的过程，并时刻面对着强权的威胁和诱惑。但，终究会有一些勇敢的灵魂能跳出金钱与权力的限制，超越当下的维度，为世界开启一道新的光亮。

愿我们永远坚信这"另一种可能"，愿我们在艺术中，走向真理。

为珠造椟：画廊的失败与伟大

"没有人真正需要一幅画。"世界上最会卖画的男人这样说。

拉里·高古轩（Larry Gagosian），这位白手起家的亚美尼亚移民后裔，从小没进过美术馆的平民之子，成了当今世界最会卖画的天才商人。他的高古轩画廊如同艺术界的顶级奢侈品，一旦艺术家的作品镶上了"高古轩"logo便成为了富豪们争相拥有的热门货。有趣的是，这位靠贩卖艺术创造巨大财富的男人，却不认为艺术是人生的必需品，这是天才商人对于俗世需求的洞察：人们愿意为"有用"买单，而毕竟艺术看起来"无用"。

如果世界上只有两种人，那就是对于"不可见之物"

的态度。一种人只相信看得见的东西，比如金钱、权力，有生之年可见的回报；而另一种人则愿意相信，看不见的东西也具有力量，如精神、信仰，超越此生的未来价值。高古轩说"画不被真正需要"，只因艺术的精神价值是无形无相的，而世间大部分交易很难在无形之物中成立。高古轩的聪明之处在于，不强求藏家需要理解艺术的精神价值，而以打造艺术有价值的"证据"为目标：艺术品的惊人天价、顶级的藏家群体，被美术馆青睐收藏，都能让人从可见的光环中生出信任，买下作品。

值得思考的是，如果我们已经生活在这样一个世界：不相信艺术真正被需要的画廊主，却创办了世界上最成功的画廊，那么，当今画廊的"成功"建立于什么之上？画廊在艺术这件事中，究竟扮演（或可以扮演）怎样的角色？

珠与椟的迷局

如果画不被真正需要，那人们真正需要的是什么？

画廊是一个神奇的存在，将地球上最不现实的东西 —— 艺术，转换为最现实的金钱。这种"转换能力"的秘密是什么呢？高古轩的答案是：让藏家以拥有艺术品获得资产保障及更好的身份认同感。

时间回到 1970 年，当年轻的高古轩还在洛杉矶人行道上卖海报时，他就知道只要把海报镶上框，就能卖高出原来几倍的价格。这个"镶框原则"让高古轩的生意畅通无阻，人们买下的不仅是作为本质的海报，而是"海报＋镶框"后带来的更好心理感觉。"框"意味着什么？一个恰如其分的框是衬托，而一个极致奢华的框，无论里面镶着什么，则有着让大多人闭上嘴、不敢小觑的力量。天才商人深知有钱人可能不需要一幅画，但永远需要为生活镶上一个奢华又坚固的"框"。"艺术品的价值是创造出来的，维系这个价值体系，就

是一个画商的工作 —— 不是做几单生意那么简单，而是要确保，让大家觉得重要的那些艺术品真的那么重要。"高古轩如是说。制造信任意味着放弃冒险，所以高古轩最被诟病的一点，是几乎不代理没有市场交易记录的年轻艺术家。在他一手打造下，从高古轩这里买什么甚至都已不重要，藏家们以加入"拉里俱乐部"为荣，这是顶尖名流的社交圈，是财富与品味的象征，同时充满了安全感。

也许，这正是当代画廊的重要任务之一：为艺术这颗"珠"打造足够诱人且牢固的"椟"。从销售角度而言，作为"珠"的艺术品能否被藏家充分欣赏解读，也许并不是画廊销售中最紧迫的任务，被认证的高级品味，炙手可热的抢购气氛，作为投资的可靠保障，可能都比迫使藏家在作品前屏息感受，获得灵魂启迪来得更快捷有效。我们会嘲笑"买椟还珠"中主人公的愚痴，但当面对闪闪发光的标签和光环时，我们真的能分得清，究竟是为艺术品的自身价值买单，还是一份对更高财富及品味的期待？

画廊建立了艺术与人的真实连接，从促进大众审美发展角度而言，也许无论用什么方式都无可厚非，对于不同的人本应施以不同的方便法门。但当面对人欲鼎沸、良莠混杂的市场，我们需要清晰的是什么？——第一，天价≠杰作，在市场交易中获得优势的艺术品，未必说明其艺术价值的必然优秀；第二，有的画廊侧重流行，有的偏重学术，但销售是画廊之本，推动艺术发展并不是画廊的首要责任；第三，对于购买者而言，购买艺术品时不妨先清晰内心，对心仪艺术品的感受，是类似于购买奢侈品时的兴奋，还是牵动了某种无法言喻，却无法忘怀的感受？

万物皆可消费的时代，似乎任何问题都可以通过"买"下些什么来解决，焦灼的灵魂在消费的瞬间得到了安慰。2021年的上海艺博会与双十一购物节同天开始，消费时代下的艺术品交易似乎如快销品一样火热，可惜快销品带来的安慰短暂易逝，让人无法停止下一个消费。在世间无数的消费行为中，艺术品是仅有的，是有可能带领人超越欲望焦灼的创造物。所以，请珍惜每一次与艺术的心动邂逅，在穿越趣味和价格的幻觉之外，才可能找到通往安抚灵魂之路。

艺术终结后的买卖

每一位藏家都觉得自己买到了真正的艺术，但事实上呢？

如阿瑟·丹托在《艺术终结后的艺术》中表示的，当一件事被重复两次，就会变成真正的现实。丹托第一次表述的"艺术终结"指向"美的终结"，即文艺复兴时代开始的再现性艺术的终结，但为何人们依然乐于第二次、第 N 次地讨论"艺术终结"？——打破规则、颠覆传统成为了新的规则和传统，艺术变得无所不是，真假难辨，甚至人人都是艺术家时，即意味着大写的艺术和艺术家的消亡。正如阿兰·巴迪欧所言："一切皆可能，即意味着一切也皆不可能。"

艺术终结之后，谁为你的品味负责？画廊吗？ 20 世纪七八十年代，国内出现"画廊"概念，这个年轻行业有着仓皇而精彩的命运，短短几十年，年轻的中国画廊业同国际画廊一起经历了几次大冲击，2003 年的"非典"、2008 年的全球金融危机、2012 年后国内艺术市场的持续走低等，直至 2020 年与 2022 年的"新冠"疫情。据北京画廊协会统计，在 2011 年协会创立之初，有 80 多家会员单位，但截至目前只剩下了 30 多家。

面对严峻现实，生存永远是画廊的首要任务，从 2021 年的上海西岸艺博会和 ART 021 的争奇斗艳上可见一斑。疫情依然持续的情况下，艺术市场却迎来了令人欣慰的热潮，媒体纷纷报道着"买气十足""新藏家涌现"的热烈盛况。在这半真半假的繁荣之中，画廊为市场究竟带来了什么，藏家们又究竟买下的是什么？

1. 坚固的安全感

这是无可厚非的本能：在愈加没有安全感的时代，对于"保值"的渴望就会愈加强烈。许多画廊对此有着积极的回应，但对于"坚固价值"有着各自的解读——有的画廊积极推出老一辈艺术家的作品，哪怕买家不甚理解创作，但悠久的从艺年份就是经历考验的可靠保障；有的画廊专供已被证明"成功"的艺术家作品，高价的大尺寸作品流通性较差，小尺寸作品、纸本或版画类产品是更好选择；而有的画廊偏向于题材复古、重视技巧的作品，这样的作品拥有更具象而可见的"功力"，更容易赢得某一类保守藏家的信任感。但紧抓着过去，能获得真正的安全吗？习惯于凭借"曾经"，是不是一种对"当下"的放弃？被验证过的价值也许可以增加信任，但对于解答当下的问题是否有效？当我们习惯躲进过往搭建的城堡，也别忘记对当下问题睁开双眼，别放弃把握当下的力量。

2. 未来的希望感

与躲进过去不同，还有一种解决焦灼的方法是奔入充满希望的未来。未来本应充满了不确定性，但有些人相信，未来只会进化而不会倒退。这是一种看似更积极的心态，但其中蕴藏了盲目的乐观。

回到当下，虽然 NFT 艺术交易截至目前未在传统艺博会上显山露水，但越来越多的成功艺术 IP 选择 NFT 化，拥抱新媒体艺术已成"正确"选择。除了科技构建的虚拟乌托邦，还有一些方式给当下按下快进键：比如制造一个优于当下的"强化模型"，更完美的形态、更精致的效果，只是再完美的强化也是二手经验，其中的间接性令创作在诞生之初就写下了赝品般的宿命。此外，还有更小众的方式获得凌驾现实的资格，如在创作中对形而上问题进行持续的架空探讨，从趣味到能力，彻底脱离属于当下的大众语境，也许吧，获得精英身份感本就是艺术欣赏中的重要一环。

只是"这个世界会好吗？"，未来并不是只进不退的单行道。对未来的持续完美幻想，也意味着这个未来永远不会到来。

3. 品味的愉悦感

只要去艺博会现场逛上半天，定会陷入大型视觉疲劳。过于饱和的信息涌入视网膜和大脑，琳琅满目的背后，是什么令人疲倦？"在艺术问题上，我们的社会已经用品味来替代了真理，我们会发生更多的乐趣和更少的责任，而且她可以像更换自己的帽子和鞋子一样，频繁地更换自己的品味。"严肃的马克·罗斯科在 80 年前写下的这段话。现在看来，当下艺术中的责任变得更为踪迹难寻，而品味的花样则是无限供应。

越来越多的艺术家开始变得"漂亮"起来：粉嫩鲜亮的色彩，无可挑剔的精致制作。越来越多的艺术成为了趣味或爱好的表达，人们止步于愉悦的视觉效果，欣赏机巧设计带来的思维乐趣，兴奋于破坏带来的酣畅感，因为快捷，所以有效。可惜趣味始终刺激着感官无法令人平静，一旦过剩便令人疲倦。同时，生产趣味的艺术如同需要不断升级的商品，永远会被下一个更吸引人的趣味取代。

如果相信，艺术本应是通往真理的道路，那为何要引人沉溺于趣味和感官？太多的聪明就生不出智慧，不直面真相就永远无法接近真理。

拉里·高古轩与其代理的艺术家村上隆

在其推广下，村上隆成为享誉全球的日本艺术家，2010 年

2019 年，釜山艺博会艺术门画廊展区正在举办周阳明个展

在"新冠"疫情影响下

国内艺博会缩减集中在以北京、上海、深圳为代表的一线或新兴城市

伟大的抵抗：进入当下

画廊可以成为什么?

商业本身无善无恶，但创造消费者"以为的需要"还是提供"真正的需要"，是两种截然不同的价值观。前者像一种"权宜之计"，让焦虑得到暂时的缓解；而后者探索究竟的本质，需要深刻的洞察，乃至深沉的悲悯。在世间所有行业之中，也许画廊是最适合帮助人们"究竟本质"的行业之一。但这需要一个不次于艺术家的思考基础：认同艺术不是为了娱乐或消遣，而是一场伟大的抵抗。

这是一个好坏交织的奇怪时代，传统的尊严被基于现实考虑的欲望取代，并冠以自由的名义被称颂。在权力的顶端，公主和王子们纷纷放下爵位寻找现世的自由幸福，平民冲入国会大厦在总统办公桌前自拍；在另一头，人们已习惯用不断刷直播和短视频获得娱乐，求职的年轻人更愿意当快递员而不是付出时间学习一门手艺。

多么自由，多么畅快！现代人似乎拥有了前所未有的个体权力，大到可以向自身存在的宇宙发起挑战。可现代人又如此脆弱，脆弱到丢失手机就丢失了全部的生活连接，无能到在车厢内任水漫过头顶也不愿求生。这种权力与能力之间的巨大差距，正被那些畅快的瞬间不断拉大：每一种不需要付出努力而轻易获得的自由，都需要付出失去某种力量的代价。人们享受着欲望被更快满足带来的爽快，当下渐渐变得悬浮，开始难以忍受需要耐心和坚持才能克服的困境，似乎只需按一个键，问题就会被清除，生活便能重启。

这是一场体感舒适的力量剥夺，什么才能阻止我们无意识地向脆弱滑落？答案就是——"进入当下"。这并不是简单的心灵修行，而是一种真正勇敢的现实主义，意味着既不躲入原封不动的过去，也不奔向看似完美的未来，更不耽于浅表的感官愉悦，而是老老实实地进入当下，无所畏惧地面对任何不适乃至痛苦，坦然而专心地面对它，感受它，抵抗它。

如果创办一个画廊的初衷，并不仅是为了商业或阶级跃升的考虑，而是相信艺术自有其力量，那么这种力量中，其中最重要的一种就是带领人进入当下。

1977 年，西班牙艺术家爱德华多·齐利达回到儿时最爱流连的海湾，决定在岩石上铸造三个"风之梳"，留下了人类如何进入自然的坐标：在一次次海浪与雕塑的交织梳理中，熟视无睹的自然被再度显化——海浪、海风、每个当下的无杂之念。

从 1972 年开始，贝尔恩和希拉贝歇尔夫妇用 25 年间拍摄下 200 多张水塔照片，这些最常见的工业设备被特意选择在阴天拍摄，更显朴素。这些"如实"的图片是对浮夸时代的冷静提醒：审美之眼不应仅停留于美物上，平凡之物亦值得审视，美不在境，在于心。

半辈子独居新墨西哥沙漠的艾格尼丝·马丁，以无情的元素奇妙地显现着有情：精心勾勒的线条网格竟可以如呼吸般温柔而亲近。无染的心念之下，每个理性与感性交融的当下，都如呼吸般踏实有序、诚实不欺。

这样的名单还有很长，从身边的圣维克多山中获得禅定般开悟的塞尚，从肉身的焦灼中探索究竟本质的贾科梅蒂，为每个当下留下天人合一之迹的波洛克……伟大的艺术家们全然地投身于每一刻，无论琐碎或宏大，皆化为当下，从中获得稳定自足的力量。什么是真正的抵抗？并不是二元对立的奋起反抗，而是始终行进在自己选择的道路上，无论世事如何威逼利诱，始终如是。

如果做艺术，当作抵抗的艺术；如果做画廊，当作抵抗的画廊；如果做人，当作抵抗之人。

价与值：艺术的两张脸

一

不可否认，我们对于艺术"好坏"的判断，常常被价格影响。当一幅大众看不懂的画被拍卖到了数亿人民币，我们很难按照心中的直觉对它客观评价了：如果看不懂，那么不是画的问题，一定是我的问题！

背后的逻辑是：贵的，应该就是好的。可是，品质和价格的对等，是一种理想化的完美状态。当艺术品作为商品交易时，它的价格多大程度代表本身的艺术价值？如果，艺术价值并不全然在价格上体现，我们该凭借什么指引，发掘蕴藏艺术其中的宝藏？

艺术的价值

如果穿越回 1888 年的法国阿尔勒和 1960 年的法国巴黎，普通人都不认识当时还活着的梵高和常玉，更不会有人相信他们有一天会成为艺术大师：毕竟一个卖不出一张画且精神狂躁崩溃，一个穷得只能去为家具画装饰纹样为生。可正是这样两个失败者的画，如今已经成为在拍卖中动辄上亿的宝藏巨作。

合理吗？同样的作品，同样的人，从不名一文到价值连城，到底是为何？首先我们要认清一个事实——当下大量被时代淘汰的作品，大多数会永远湮没在历史的尘埃中，如梵高和常玉般的遗珠奇迹是罕见的；但从历史发展而言，每个时代都有自身的局限性，如政治立场、阶级趣味、大众审美等等，不符合当下时代标准的天才，是有可能被错过的。如现在被奉为后印象派大师的亨利·卢梭，一生始终是绘画圈的局外人，在世时几乎没有得到任何专业认可，甚至还被画家们讥笑。

乱花渐欲迷人眼，如果希望能摆脱时代施加在我们身上的障眼法，我们必须保持一颗清明的头脑，透过现象看本质，建立自我的艺术价值观，以下是几个具有参考意义的坐标。（以下分类受阿兰·德波顿与约翰·阿姆斯特朗所著《艺术的慰藉》一书启发，特此致谢。）

1. 历史价值

每一件人类创作物中，都凝结了当下时空的一切信息：社会氛围，人文环境，时代心理……当这个创作物离当下越久远，其中携带的信息越显珍贵，通过它，那个时代的一些重要线索得以再现，得以构建一个完整的人类进程脉络。这，就是艺术中的历史价值。

从这个角度欣赏艺术，常常能获得观察和推理的乐趣，我们也许能从一件中国青铜酒器的造型中勾勒当时使用者的端庄仪式感。充分进入现实、映照现实的艺术品，就是一个邀请，也是一个通道，让你瞬间进入另一个时空。我们会发现，隔着时间，人类生命中发生的一切欢欣、忧愁、期待，并无二致。

作为油画的发明者，杨·凡·艾克将他精准描绘现实的能力在《阿尔诺菲尼的婚礼》中发挥到了极致。我们看到的不仅是 15 世纪意大利人的生活面貌，我们更见证了一张隽永而神秘的"结婚照"，新人结合的瞬间被艺术家精确地截屏了，如同一张证件照片，甚至在镜子上方还有这样的签名：杨·凡·艾克在场（Johannes de eyck fuit hic）。堪比证婚人的签字。

艺术除了记录了事件的细节，我们还能见证某些精神的变化。在《你好，库尔贝先生》中，艺术家居斯塔夫·库尔贝看似描绘了一场艺术家与金主的邂逅，实则展现了一次西方 19 世纪的社会意识形态更新：代表"精神"的艺术家衣着简朴却昂头挺胸，接受着来自金主，也就是"财富"的脱帽致敬，财富的至高位置，在此刻让位给了精神。透过画面，我们感觉到了"安能摧眉折腰事权贵，使我不得开心颜"的瞬间。也许历史并不会因为艺术的描绘而改写，但历史悄悄发生变化的那一刻，却在艺术家的记录下，瓜熟蒂落，纤毫毕现。

2. 政治价值

如果艺术家需要拥有一个最基本的天赋，那就是敏感。就是这份敏感，让艺术家如一双栖息于社会上空的眼，时刻洞察着世相，时而映现，时而预言，时而发出悲悯之光。对于不愿意逃避现实的艺术家来说，对"政治"的敏感，为创作带来持续的动力。

由于立场不同，艺术家对于政治有着不同的回应。我们可以通过作品，重新审视我们每个人都置身其中而常常麻木、渐渐置若罔闻的社会现状——合理还是荒谬？如同一粒沙置身于泥沙俱下的洪流，当人类被一种无法抗衡的力量挟裹时，如何参与，如何深陷，又如何超越。

在董希文创作于 1953 年的《开国大典》中，最美好的色彩都是奉献给信仰的必备仪式，面对这样鲜艳年画式的画面，我们可以想象艺术家是如何将一种极端认同、赞美的态度注入其中。艺术家当下是真诚的，做着歌颂、美化、呈现的工作。意识形态的蓬勃，就这样从无数个人的认同中获得力量。后来董希文的《开国大典》在政治运动中几经修改，一些人被抹去，一些人被加上。如果历史是任人打扮的小姑娘，不妨干脆"裸妆"。在岳敏君2002年创作的《开国大典》中，艺术家用一片白茫茫大地真干净，为自己找到了不言不语，却万语千言的立场。

政治赋予了安塞姆·基弗的艺术以庄严悲怆的底色。在他1981年的《内室》中，我们看到世界末日般的废墟，依稀可见曾经的庄严辉煌，视线仿佛因泪水和时光的流逝而模糊。二战给德国带来的反向伤害动摇着一个民族的信仰根基。艺术家持续地描绘焦土，持续地赋予创伤尊严，也直视着民族的心灵创伤，反思着政治的究竟宿命。

3. 技术价值

肉眼凡胎的我们往往是"色"的俘虏，很难抵制"技术"的诱惑，无法轻易实现的效果总是令观众啧啧称奇。但，今天的艺术家不会因为"巧夺天工"而自豪，都立场鲜明地要与"匠人"划清界限。无论被高估还是忽视，技术是支撑艺术成立的基础，我们在此需要讨论的是："术"的本质是什么。

"术"，其实从来不只是表面的花样，术的更新，本质上是"道"变化时应运而生的现象，是思维方式更新时的体现；因为内在需求产生了变化，才应运而生了与之配合的全新手段，这样的互为映照，才是技术价值中最珍贵的部分。

在商业环境中成长起来的观众看来，半个多世纪前沃霍尔的罐头并不惊世骇俗，但在 20 世纪 50 年代，美国抽象表现主义的崇高时代余韵未了，这些庸俗广告般的画面就杀了过来，艺术像货物一样陈列展示，充满挑衅。沃霍尔第一次使用丝网印刷技术，让艺术可以流水线般生产，这毫无情感、为了消费而存在的技术，就是沃霍尔回应商业时代最好的工具。

同样是对于庸俗商业化时代的回应，中国艺术家常徐功用了"以毒攻毒"的技术：刺绣。这一来自传统民俗的技术，常常用来描绘艳俗的花鸟图案，寄托对幸福生活的向往。而艺术家将之与时代中的"俗事"结合，大款，卡拉 OK，商业消费品，在刺绣的展示下成为了讽刺时代幸福感的精神图腾。

技术是回应时代的手段，也是反映艺术家精神底色的工具。秦一峰在尝试了几十年架上创作后，终于在摄影"负片"技术中安放了自己的灵魂所向。他每天静静等待光线在胶片上沉淀，形成负片影像。黑白颠倒、正负相对，物件和背景在灰度上融为一体。在极度微妙的灰色场域中，有形物的既定概念被破除，失去了任何会引起波动的锚点，由平入静，由静入定，由定入空。

4 . 惊奇价值

艺术家常被想象成一群脑中奇思怪想的人，做出一些不合常理的事情而获得名声。事实上，"常理"也可能逐渐僵化，如果所有人都认为绘画的本分就是逼真，那印象派就无法出现；如果印象派对光影的主观感受成为艺术的铁律，那野兽派立体主义就是大逆不道。

艺术上的"惊奇"，往往是通过"破"的方式劈开了崭新的时代，但"新"与"旧"永远交替循环，往日的惊奇，也许就是今日的陈词滥调，没有任何一种"惊奇"可以永远保有最初的新鲜，珍贵的是什么，是敢于无视陈规，让人类精神始终生机勃勃的一腔孤勇。

毫无疑问，当毕加索的《亚威农少女》在一百多年前第一次露面时是骇人的，即使是现在，观众在这几张堪称惊悚的面容前也很难心情平静。这是毕加索为自己的探索所做的努力：暴力地破坏，大胆地并置。毕加索扭曲了少女的面容和身体，将不同维度的人物并置在一个空间，从这幅画开始的立体派，让二维平面世界渐渐升维，成为维度无穷的宇宙，如洞见一颗琉璃钻石，层层无限打开。

如果毕加索是通过"做"来显化惊奇，那还有一类艺术家就是通过"不做"来挑战世俗，如得到禅宗智慧启发的约翰·凯奇，他通过 4 分 33 秒无声地坐在钢琴前，完成了这空无却又无所不包的音乐作品。音乐的标准是什么，创作和艺术的标准又是什么？约翰·凯奇在争奇斗艳的艺术比拼场中突然腾出了一个空间，邀请观众进入其中，寻找自己的答案。

电视机在20世纪60年代西方世界的巨大影响，约等于现在的iPhone，白南准敏感捕捉了这一意象，他让一位音乐家佩戴两个用微型电视机做成的胸罩演奏大提琴，因为是裸体演出，这位音乐家很快被逮捕，并被判决为"公开有伤公众风化的艺术行为"。但白南准的挑衅并不过时，因为娱乐影像对高雅艺术的介入，与私密情感之间的关系，在今天显得愈加有反思意义。

5. 疗愈价值

1959年，艺术家罗斯科第一次拜访那不勒斯的雅典神庙遗址，他一言不发地在废墟间仔细研究，当地人得知他是艺术家后，问他是不是来画神庙的。罗斯科回答：在我知道这座神庙前，我一直在画希腊神庙。

罗斯科的"希腊神庙"就是他持续不断涂抹着的矩形色块，他和他的绘画属于这样一种艺术：它以绘画的样式出现，引导人进入一个纯精神的场域，像一座可以接引、容纳各种人类情感的神庙。这样的艺术家是用"命"来创作的，他们的每一笔都注满了个人情感，持续不断地向艺术献祭着灵魂的渴望，而显化出来的艺术，也能疗愈有共同渴望的灵魂。这种疗愈的力量，不仅来自艺术以某种直接的方式映照了人类情感，让我们看见自己的脆弱、痛苦、困境，获得某种同体大悲的慰藉；更来自构造了一个通道，以艺术的方式触及了甚至连艺术家自己都没意识到的智慧，有一些东西，温柔地降临了。

五十多年前，詹姆斯·特瑞尔刚开始自己的艺术生涯时，观众说他的作品不过是"墙上的一道光而已"。而今天特瑞尔证明了，他在做和罗斯科一样的事情：用色彩和光线建造一座神殿。天空如平面画般被镶在了屋顶上，进入这神奇的场域，俨然一个神圣的教堂，进入了无限光中，你的个人身份、喜悲、杂念，渐渐地在空间和色彩中消融、升华，有种类似天人合一的感受，渐渐包裹了灵魂。

当我们看到一只只雪白的蚕蛹,被红色"蜡烛包"包裹散落一地,这些生命似乎将破茧,又似乎已僵死,这究竟是生场,还是死场?观看梁绍基的作品《宝宝》,有无声的悲悯笼罩在这些"宝宝"之上。作品的初衷,是艺术家对 80 年代国内计划生育政策的回应,有观众在观看时流下了眼泪。梁绍基选择了蚕,在与这个看似弱小生命的对话中,他寄托了自我的脆弱与强大,更走向了众生命运的追寻,并不是每个问题都会有答案,但问题不可以被忽略。梁绍基的创作,是一条"以命度命"的路,但即使是在艺术之外,作为生命的人类,有哪一秒不曾是被别的生命成全度化呢?

我们常常最易忽视的,是身边日复一日、最寻常的人事物。比如日日按时做饭,从不落下一顿的母亲,比如无时无刻不在的纯净空气,随时随地的白开水,这些习惯性被"看不到"的存在,却用"无",成就了生命最重要的"有"。艺术家周阳明的艺术正是指向生命中的这些"无",他用艺术为这些"无"发声。他几十年来画着一个最平淡无奇、最容易被轻视的视觉元素:一道"丨"般的竖线。时而细密,时而拙朴,线条的变化映照着艺术家人生阶段的变化，但每一笔都诚实而当下。观赏他的作品是一场考验：如果以浮躁的心去看，将什么都看不到；但只要静下心，多一分的虔诚与尊重，就能多看见一分的真相，能渐渐看见每一条线中隐藏的尊严与神性。这是一个试图让心灵放下外在标准干扰的过程，也是一个灵魂自我净化、重拾珍贵之物的过程。

让我们再来回忆一遍：历史、政治、技术、惊奇、疗愈，这是可以理解艺术价值的五个角度。试着以此为尺度来看艺术品，无论是从客观成就、主观感受，还是在艺术史上的作用，抑或当下的潮流价值，都可以找到对应的坐标。事实上，一个艺术品很难同时在这五个方面都拿到高分，有的兼而有之，有的得其一二，但如果在任何一项上都显得乏善可陈，那作品的真正价值就值得怀疑。

二

接下来要说的，是"价格"这回事。究竟有哪些迷惑人的"坑"值得警惕？

事实上，价格也许会受上述的五个标准（历史、政治、技术、惊奇、疗愈角度）影响，但究其本质，价格是商业行为的体现，而商业有着自己的游戏规则。有一些规则是与艺术本身毫无关系的，而其中离艺术本身最远的，也是对艺术伤害最大的，无外乎"资本"与"权力"，也就是——钱与权。

资本的游戏：炒作"明星"

每个时代都需要自己的明星，艺术界也如是。

从布列东、达利、毕加索到沃霍尔，这一类艺术家在超群的艺术创作力之外，还能以人格魅力、人生故事，甚至绯闻轶事吸足公众的注意力。这些无疑对于艺术家的知名度起了巨大作用，在艺术史角度也确实对艺术潮流的推进起了积极作用，但这里有一个前提：艺术家的创作，在时代中确实具有无可挑剔的巨大价值。在"艺术已无新鲜事"的今天，如果一个艺术家企图靠自己复制当年这些艺术巨星的成功，是一件成功概率很低的事情，但依然有一些佼佼者，比如神秘不露脸、擅长引发争议的 Banksy，敢于跳开画廊直接进入二级市场的达米恩·赫斯特。

可这样的艺术家毕竟是少数，市场需要传奇，"明星"根本不够用，而最好的销售样本是类似梵高这样的"遗珠"：生时无名，死后天价。这中间蕴藏了什么？巨大的利润空间，而这恰是市场所追求的。于是，市场喜闻乐见一颗"遗珠"的诞生。常玉被拍卖出上亿天价的那一刻，他的"遗珠"身份便被确立了，常玉的艺术自有其特有价值，可以洞见野兽派及现代艺术在一个东方人身上的化合结果，看见一位没落公子对生命欢愉的眷恋，对生命悲凉底色的慨叹。

但如果我们站在艺术史的角度观察，他的裸女与塞尚的裸女，杜尚、博伊斯的装置相比，哪个对于艺术史更具有推动的力量？但，常玉的价格是与这些大师比肩的，而后者们鲜少作为商品在市场流通，更多是作为学术珍宝被美术馆收藏研究。

如果说，作为"遗珠"的常玉依然具有鉴赏某种情怀的艺术价值，那一些在艺术上看不出什么华彩之处，却莫名高价的艺术品，就有着强行"被遗珠"的嫌疑。比如2020年12月的拍卖中，已故艺术家王俊杰的《夕阳之河》以3100万港币落槌，平均每平方米1043万港币。

在以高价成为新闻之前，很多人不知道王俊杰是谁。事实上，在2019年自杀去世前，他是一位在ins上发布作品的"网红艺术家"，2018年举办了第一个也是唯一的个展。在这里要说明，艺术家生前的寂寂无名并不代表艺术价值不高，但他个人IP的骤然崛起，与他特有的几个特征密不可分——早逝的悲剧人生（故事），生前作品没有进入二级市场（利润空间），作品色彩鲜艳符合当下时尚趣味（大众接受度）。正是这些有利于打造"遗珠"的特征，让他进入了资本眼中。我们能在王俊杰的作品中看到霍克尼及类似插画风格的影响，这样的明艳风格每年都能在艺术院校中找到一批。但资本之手 pick 了最合适被包装的王俊杰，他就必须背负着来自各方的目的，成为一颗冉冉升起的"遗珠"。

除了各类被强行"遗珠"的已逝艺术家，还有一些也在拍卖中表现突出，但观其艺术价值似乎并不匹配的"拍卖明星"，他们往往第一次引起大众关注就是通过显著的高价，但之前甚少或根本没参与过任何具有学术价值的展览。在学术界之外，拍卖场是他们获得市场关注的重要也是唯一战场。

所以，请对各类横空出世的"拍卖明星"保持警惕，如果除了炫目的高价外，作品无法在任何严肃的艺术价值立场中找到位置，那也许，我们只是围观了一场资本的游戏。

权力的面具：头衔至上

第二个我们需要警惕的艺术高价来源，就是为艺术家的头衔买单。该如何理解？—— 创作者的社会头衔、职称的价值大于其作品的价值。在最乌托邦的幻想中，我们自然希望体制可以慧眼识珠，赋予所有值得重视的艺术家应有的尊重，比如人才称号、对应待遇等，但这种幻想在任何一个国家、时代都无法成为现实。无论在中国还是西方，自古以来就有"在朝"和"在野"之分。

有一类艺术家愿意在王公贵族建立的生态内创作，拥有国家冠以的头衔，享受稳定的俸禄，如黄庭坚、董其昌、达·芬奇；而有一类艺术家渴望更自由的空间，如八大山人、弘一法师、杜尚，他们愿意以不稳定的生活交换更自我的表达，这两种选择都有其合理性，本来无可厚非。我们需要警惕的是，不要在两者之间升起"孰高孰低"的分别心。拥有钦定"大师"头衔并不必然代表作品达到了艺术史中的大师水平，只能说明达到了这个体制内认可的"大师"标准，如果放之于国际也许完全无法进入任何体系；同样地，独立艺术家也不代表其创造力必然高于体制内艺术家，也许只是将自由作为一种包装。我们无论评价哪一方，最终必须回到其作品本身。

但当下的现实是，拥有体制内的头衔或社会声誉，更容易获得大众对其艺术价值的信任感。当艺术家报出一连串响亮头衔——某画院画师，某艺术学院教授，某艺术协会会长，人们再看其作品时，很容易被蒙上一层"大师"的滤镜。但事实是，作品好有可能换来好头衔，但好头衔从来不能代表作品必然好，因为除了作品好之外，还有各种复杂原因，决定了一个人能不能获得好头衔。林风眠就因美学观点与政治观点相左而卸任中国美院首任院长，失去头衔也许让艺术家失去某种权力，却无法改变其一丝艺术的价值。

再聊一下时下泛滥的"老师"现象。我们习惯见艺术家称"老师"，但事实上并不是所有艺术家都当得起这个称号，哪怕真的做着老师的工作。真正的艺术教育是什么，可以参考包豪斯学院的"众神时代"，各位大神纷纷下场执教，康定斯基、蒙德里安、保罗克利都是学院老师，每个人都真诚地以自己独特的艺术观点传道授业，开创欧洲乃至整个西方的全新艺术气象；也可以参考约瑟夫·博伊斯这样"传道士"般的艺术家，他可谓创造艺术家的艺术家，上课用过的每块黑板都成为了艺术品，至今无数创作者都能从他的观点和作品中得到滋养；还有中国的吴大羽，他坚定追求着绘画中的"势象"，直接滋养了赵无极、吴冠中、朱德群等人的创作。

如果说这些真正的"老师"有什么共同点——他们都是有个人成熟观点的创作者，已经找到了自己终身履践的"道"，同时也是经得起检验的"正道"，所以才能在此基础上滋养更多创作者。以这个标准来检视现在的一些老师，自己身上若无甚多营养，怎可能流淌至桃李之上？

在一个越不客观理性的人情社会、官本位社会，艺术价值就越容易被社会地位带来的利益、虚名掩盖。马云是成功的商人，他的书法也卖到了百万级别，如果抛去他的社会名声而仅观其艺术价值，究竟价值几何？我们可以尊重一些人的社会活动力、影响力，但这不能证明他的艺术创作力同样优秀。

这个世界上有太多艺术家没有风光的国家头衔，没有活跃的艺术活动，甚至没有稳定收入，但这并不影响其艺术价值的变化，甚至因为无视名利而让艺术变得更纯粹。如甘于守贫、在社会边缘全心创作的吴大羽，一辈子在上课和回家画画两点一线间生活的莫兰迪，还有主动离开陈腐的日本书坛，拥抱奔放生命力的井上有一。

"在朝"和"在野"从来不是问题，无论处于何地都能保持干净的心，才是真正的问题。

三

最后，需要讨论的是艺术的"价格"，更准确地说是"高价"。

不知道从何时起，提及艺术我们就会感觉"天价"。事实上，大部分艺术品的价格并没有大众想象中那么高，在历届的上海艺术周上，知名画廊摆出的作品价格从小几万起跳。

对于大部分艺术家来说，天价是少部分同行创造的传奇。而这些天价传奇中，有一些合理，但也有一些并不合理。不管是合理还是不合理，"高价"除了为画廊、艺术家、拍卖行带来利益外，它其实还带来了一系列更深远的影响。

高价的诅咒

如果说，命运的礼物都暗中标好了价格；那么，命运中的价格，也暗中标好了代价。

很多艺术家是因为"天价"才第一次进入大众视野并获得认可，如2011年张晓刚在拍卖中以7906万港元刷新中国当代艺术品纪录，并被刊登上了《解放日报》——这份报纸是张晓刚父亲唯一信任的媒体，看了报纸后，父亲相信儿子成功了；2013 年，曾梵志《最后的晚餐》拍出了 1.8 亿港元，成为中国当代艺术家破亿第一人，也开启了中国当代艺术的"亿时代"。高昂的价格，本身只是一个数字，但这个数字有着自己的魔力，比如说：给艺术家贴上"封印"。

何谓"封印"？就是将艺术家的"产品卖点"固定化，从艺术家的主观感受而言，他会本能地被高价鼓励，这无疑是对创作方式的认可，一种潜意识会促使他重复、强化自己被认可的符号。从另一方面讲，即使艺术家想随心所欲似乎也会有所顾忌，如果拍出高价的是写实作品，那当他想画看似毫无关系的抽象时不免担心：藏家和市场还会认得出我吗？

纵观栖居于高价榜单上的一系列艺术家：张晓刚、方力钧、岳敏君、刘野、丁乙，乃至新生代的贾蔼力、郝量等等。看着他们一路走来的作品，我们可以感受到，哪些人的"变化"只是在经典形象上的加减乘除，哪些人还能秉承着自己内心的探索欲，甘于放下被认可的标签，继续走向未知之地。

艺术，来自生命，而生命的本质，就是变化。就如一棵树，无论它是树苗，还是从细变粗，变成参天大树，也许样子会不一样，但我们依然认得出这是那棵树，它只是因循着生命的节奏顺势成就了自己。而什么是坚持不变的？那就是商品，只有不变才能保证商品质量如一，同时忠实用户才能认得出它。所以品牌才会有坚持不变的 logo 和专用色，但商品的本质是大批量复制，投入市场，完成消费，并让这个循环永远保持下去。

这里需要注意的是，"变化"并不是指仅在形式感上的翻新，追求一看就是完全不一样的新画，而是沿着自己原来探索的路，紧握每个艺术家独一无二的"核心价值观"，敢于不断破除执念，直至无法而不造，随心而所欲。就如里希特从曾经的"照相写实"，一路渐渐进化到现在的抽象"刮画"，一眼看起来似乎完全不一样，但其中有着里希特始终不变的"无常"价值观：一切有为法，如梦幻泡影。

一个艺术家最大的勇气，就是敢于不断推翻自己。如果因为一个"天价"，将自己封印在了那一年，那从某种意义上，拍出"天价"那一刻，也是艺术生命终结的那一刻。

"高价"的诅咒除了作用于艺术家之外，在更大范围内，对整个艺术行业也带来了影响。在罗斯科生前的好友费舍尔纪念他的文章中，曾记录了也许是令罗斯科自杀最大的原因："最近，艺术家仍被归属于一种更为卑下的角色：被艺术界所开掘的一个构件。艺术界指的是有艺术经纪人、评论家、时髦的收藏家、艺术投机商共同构成的世界……（他们）很明显对艺术家不感兴趣，他们只关注艺术家的增值潜力。沃霍尔的作品会不会比罗斯科的作品升值更快？"

读起这些 50 多年前的文字，我们很遗憾地看到，让罗斯科不堪忍受的艺术圈"不正之风"并没有消失，已经成为当下现实的一个组成部分。"高价"带来的巨大利润，不可挽回地让艺术从业者彼此之间的关系向商业关系倾斜，比如艺术家与藏家、画廊、拍卖行、艺评家的关系，始终萦绕着"供应商"与"客户"、"乙方"与"甲方"的气氛，利益让大家"亲密无间"地黏合在了一起。

可是在 140 多年前的伦敦，艺术家惠斯勒因为不满批评家罗斯金将他的作品《黑色与金色的夜曲：散落的烟火》的抽象性说成"厚颜无耻"，而将批评家告上法庭，并在法庭上为自己的艺术辩护，首度提出"为艺术而艺术"的观点。这场辩论并不只是知识分子间的刻薄相轻，更是两种完全不同艺术观点的碰撞，这样的观念交锋，才引领着更多创造者走向全新可能，真正推动了艺术发展。

相反地，如果艺术界的批评不再客观犀利，沦为艺术品销售的软文；如果艺术家的作品不再独立纯粹，沦为配合业界潮流或权钱交易的商品；如果画廊、美术馆等艺术机构不再以前瞻性推动学术发展，沦为名利场轮番借用的舞台——这样的艺术界，可能诞生任何真正伟大的艺术吗？

说完了"高价"对于艺术家和艺术界的诅咒，还有一个令人扼腕的情况也在发生——救救孩子。所谓"孩子"，就是有志于从事艺术行业的年轻人。现在的成功艺术家大多数出生于 20 世纪 60 年代左右，他们儿时耳濡目染了阶级斗争的气息，青年时代沐浴着 80 年代的自由思想，在艺术道路初见端倪的而立之年，来到了改革开放的 90 年代。这中间大部分不变的是什么？是"艺术家 = 穷"的年代。这些艺术家大多从 80 年代开始从事艺术创作，当时艺术家是公认的社会盲流，从北京东村到圆明园，艺术家总是作为社会不安定因素而被不断驱逐，那时候让他们坚持下来的，从来不是钱，仅仅是一腔渴望用创作来宣泄的热血。

反观现在 80 后年轻艺术家，他们的少年时期成长于上一批艺术家开始逐渐有钱的 2000 年时期，而拍卖频频天价的 2010 年时期，年轻艺术家差不多正要展开个人创作。这中间的共同点又是什么？——"艺术家 = 有钱"。而更年轻的 90 后艺术家所见证的"艺术有钱"趋势，只能说是——愈演愈烈。

和艺术家情况类似的职业是演员，因为成为众所周知的高收入人群，所以每年表演学院的报名人数屡破新

2019 年，常玉的《五裸女》以 3.039 亿港元成交
其作品在 15 年内涨了 24 倍

2008 年，英国伦敦，苏富比拍卖行的工作人员
在展示中国艺术家张晓刚的"血缘系列"之一《全家福》

高。如果艺术家只因为"有钱"这个属性才被大众关注，那急不可待想进入这个行业的孩子，首先会建立一个观念：成功 = 作品卖出高价。

如果说，学艺术最不能学的是什么，那就是"成功学"，在成功学的引导下，很多年轻艺术家深研艺术史不是为了知道艺术的来路，而是将艺术史作为借鉴的资料库，在拼凑中让作品更具有大师的"成功"气息，这些都是为了快速获得成功的捷径，有多少还有如当年东村"盲流艺术家"一样简单粗暴却赤裸的真诚？

还是那句话，未来在孩子手里，救救孩子。

好艺术，值得好价格

说了那么多，并不是为了反对艺术"高价"，高价本身不是问题，但如果大多数人将高价作为最重要的艺术判断标准，艺术家将高价作为创作目的，这才是问题。在此，要坚定地说 —— 真正的好艺术，就应该高价。为什么？因为这是人类最珍贵的结晶。

在科幻小说《三体》的最后，超音速飞船要逃出即将毁灭的银河系，主人公选择带走的地球文明"遗物"中，就有象征着艺术的《蒙娜丽莎》。这并不是小说家的一厢情愿，事实上每次战争后，在文明上留下创伤最深的除了种族灭绝，就是古建筑的湮灭和艺术珍品的流失。

为何我们如此看重艺术？因为，真正的艺术是浓缩的宝藏，蕴藏着所有人类最高贵的精神 —— 真实，敢于直面世界及自我的全部真相，如珂勒惠支、基弗、翠西·艾敏等深入灵魂暗处的艺术家；无畏，敢于无视规则探索未知，比如塞尚、毕加索、波洛克等开创全新风格的大师；高洁，绝不受名利诱惑堕落人格，如林风眠、井上有一、吴大羽等坚持自我立场的先师；博爱，将传教士般的慈悲付于作品普度众生，如梵高、罗斯科、博伊斯等化度人间的觉者……

陶渊明有云：人生无根蒂，飘如陌上尘。世间万物，都逃不过成、住、坏、空的过程。物质层面的生命，倏忽生灭，轻如蝼蚁与尘埃，唯有精神层面的生命，才有可能拥有穿越生灭的高昂，获得永恒无转的力量。就如我们阅读古诗，先人的声音仿佛犹在耳畔低吟，当我们观看波洛克的滴画，随着油彩的辗转，我们与艺术家的情感一起翻腾。这些最高贵的灵魂在世间留下的印记，成为"艺术"，并以物质的形象驻留世间。

每当人类遇到灾难，或至堕落之时，都有艺术女神之光，指引着人类走出一个又一个困境，让人类重获作为生命的尊严。在经典电影《钢琴师》中，逃亡的犹太钢琴师遭遇纳粹军官，生死一线间，钢琴师弹奏了肖邦的《升 c 小调夜曲》，犹太人与纳粹的身份在音乐中消融，艺术之美是化开人间对立的温柔之手；普桑的《圣餐》展现了一幅人类灵魂渴望救赎的图景，高悬于圣徒们头顶的油灯让温暖之光降临，如神的赦免无分高下地降临人间；在梵高所画的《放风的囚犯》中，我们也看到了一种类似净化的仪式，光映照得监狱的墙砖晶莹剔透，如琉璃净瓦，有光处，地狱亦是天堂，罪人在慈悲的光中得到了赦免，获得了飞升的可能；而克里斯托的《包裹国会大厦》则像一场未完成的洗礼，包裹是一种昔日的抹去，一个过往的取消，当"政治"如一个未知的礼物般被包裹了起来，当我们重新打开时，是否会得到一个崭新的开始？

浩瀚宇宙中，艺术是人类作为生命，能证明自我高贵与尊严的少数证明之一。如果需要用人间的标准来衡量它的价值，毋庸置疑地，它值得最高昂的价格。

写在最后

价值与价格，就如"法"与"相"，"相"是什么？ ——凡所有相，皆是虚妄。在这个正邪共存的世间，我们需要拥有看破假相，乃至不执着于相的能力，而这个能力，建立在了解"正法"之上。

而什么又是正法呢？是那些会真正滋养我们、慰藉我们、引领我们的智慧，它也许会是艺术，也许是书中最得你心的那几个字眼，也许是某天与大自然的邂逅，也许是忽然降临生命中的一个故事，甚至也许藏身于那些最平凡，但我们视而不见的人中。

但愿，我们都能感受那一刻，灵魂被艺术温柔击中，
泪流满面的那一刻。

图书在版编目(CIP)数据

艺术的末法时代/ 徐薇著. -- 北京:作家出版社,2022.10
ISBN 978-7-5212-1933-3

Ⅰ.①艺… Ⅱ.①徐… Ⅲ.①散文集-中国-当代
Ⅳ.①I267

中国版本图书馆CIP数据核字(2022)第105778号

艺术的末法时代

作　　者:徐　薇
责任编辑:窦海军
装帧设计:苗　倩
出版发行:作家出版社有限公司
社　　址:北京农展馆南里10号
邮　　编:100125
电话传真:86-10-65067186(发行中心及邮购部)
　　　　　86-10-65004079(总编室)
E-mail: zuojia@zuojia.net.cn
http://www.zuojiachubanshe.com
印　　刷:北京盛通印刷股份有限公司
成品尺寸:130×195
字　　数:125千
印　　张:9.125
版　　次:2022年10月第1版
印　　次:2022年10月第1次印刷
ISBN 978-7-5212-1933-3
定　　价:68.00元